Sabine Blankenburg

Der Pilgerweg meines Lebens

Erinnerungen aus dem Leben eines Menschen mit
einer Krankheit, dessen Botschaft bis heute
unverstanden geblieben ist und als unheilbar gilt.

Impressum:
Herstellung und Verlag:
BoD - Books on Demand, Norderstedt
ISBN 978-3-7322-2639-9

Der Schlüssel aller Weisheit liegt im
Herzzentrum.

Jede Erkenntnis, deren Wesen und Bedeutung
nicht im Leben umgesetzt wird, ist eine erneute
Flucht vor dem wahren Leben.

Prolog

Als ich vor einiger Zeit auf Vorschlag eines Berliner Schriftstellers Details aus meinem Leben berichtete, nahm er so interessiert Anteil, dass er mich ermutigte, mein Erlebtes aufzuschreiben. Mein Leben sei farbenfroh, spannend und ausdrucksstark, wenn auch manchmal traurig, so doch sehr bewundernswert und mutig.

"Schreib sie auf, deine Lebensgeschichte", bat er mich.

Gut, dachte ich mir, aber wo sollte ich in diesem vielfältigen, manchmal chaotisch - aufregenden und bewegten Leben beginnen?

"Beginn einfach bei Null!"

Die Idee, mein bisheriges Leben aufzuschreiben, lösten in mir zahlreiche Gedankenströme aus. Mit einigen hatte ich mich schon angefreundet. Doch irgendwann meldeten sich Zweifel.
Ist es wirklich für mich gut, Erfahrungen aus meiner Vergangenheit in geschriebene Worte zu kleiden?

Welchen Sinn macht es, all´ die durch Erinnerung wiederbelebten Emotionen in meine Jetztzeit zu holen?

Von meinen Freunden und Bekannten erhielt ich positive Resonanzen, sie meinten „tu es" oder „das finden wir prima".

Diese Resonanzen beflügelten mich, mit dem Schreiben zu beginnen. Ich spürte, man traut mir dieses Projekt zu.

Wohlmeinende Skeptiker erhoben andererseits ihre warnenden Stimmen und sparten nicht mit Ratschlägen.

Doch der Zweifel regte sich immer noch mit all seinen Bedenken und Argumenten. Hast du den Mut, in die innere Welt deiner alten Lebensängste hinabzusteigen?

Es ist nicht nur wie Rasenmähen, gelebtes Leben wird noch einmal sichtbar! Auch die Erfahrungen, die immer noch unaussprechbar bleiben wollen.

Habe ich die Kraft und die positive Energie, den geistigen Bildern der Vergangenheit mit allen Höhen und Tiefen noch einmal zu begegnen ohne mein gegenwärtiges psychologisches Werteklima negativ beeinflussen zu lassen?

Als Kind bin ich immer intuitiv mit spielerischer Leichtigkeit mit meinen inneren geistigen Bildern umgegangen. Ich hatte Spaß und mit Freude nahm ich wahr, wie meine Bilder neue, interessantere und viel lustigere Formen annehmen konnten. Ich nahm mein Leben mit offenem Herzen wahr.

Reiße ich nun mit all meinen Reminiszenzen nicht wieder alte Wunden auf? Was bringt es mir?

Ich entschied mich nach langem Überlegen:
Ich mähe den Rasen, aber ich grabe nicht um.

Vorweg genommen

Meine Mutter hatte es nicht leicht im Leben. Viel zu früh wurde ihr der Vater genommen, ihre Mutter war einzige Bezugsperson und maßgebend für alle Lebensentscheidungen.

Was ich aus den Kriegsjahren und ihrer Kindheit erfuhr, lässt mich heute besser verstehen, warum meine Mutter unsicher und oft ohne Selbstwert in ständiger Angst versuchte zu überleben. Es war für sie eine extrem harte Zeit! Eine Zeit, in der ihre Ängste, Unsicherheiten und Sorgen zu treuen Begleitern für ihr weiteres Leben wurden.

Als meine Eltern sich für mich entschieden, war es ihr Wunsch eine Familie zu gründen. Ich war ein Wunschkind. Meine werdenden Eltern lebten noch im Haus meiner Großeltern. Die räumlichen Verhältnisse ließen eine Privatsphäre, wie es man heutzutage gewohnt ist, nicht zu.

Im Zusammenleben auf engstem Raum entsteht schnell ein Klima, in dem Probleme wachsen.

Als meine Mutter mit mir schwanger war, wurden die Probleme größer. Meine Großmutter, also die Mutter meiner Mutter, wollte nicht den Wunsch ihrer Tochter akzeptieren, ein Kind zu bekommen „Das schickt sich nicht!" waren ihre Worte zu diesem Thema. Was sie damit meinte, wird wohl immer unbeantwortet bleiben.

Ein wohlgehütetes Geheimnis bleibt auch, welche schicklichen Gründe so animierend wirkten, dass sie selbst einem Kind das Leben schenkte und auch aus ihrer Sicht am Leben teilnehmen durfte. Dieses Kind wurde schließlich meine Mutter.

Erst aus Gesprächen mit meiner Mutter erfuhr ich, dass ich diese Welt nie betreten sollte, denn meine Großmutter wünsche es nicht, hieß es immer. Und meine Mutter hatte weder den Selbstwert, noch die Kraft, selbstbestimmend für sich, für mich und für ihre kleine Familie einzustehen.

Gehorsam hat meine Mutter zugelassen, dass ein „natürlicher" Abort herbeigeführt werden sollte. Es wurden dazu viele „Hausmittel" ausprobiert, um das gewünschte Ergebnis zu erreichen.

Unter anderem musste sie im sehr heißen Wasser sitzen und große Mengen Rotwein trinken. Auch Treppenstufen herunterspringen war ein beliebtes Mittel meiner Großmutter, ihre große Abneigung zu mir zu verdeutlichen.

Welche lebensverachtende Grausamkeiten eine Nicht-werden-wollende-Oma für nötig hielt, um

meinen Tod vor Lebensbeginn herbeiführen zu
können, steht in den Sternen.

Meine Seele ließ sich durch diese Tortouren nicht
beirren. Der Lebenswunsch machte mich stärker.
Manchmal glaube ich, dass all diese pränatalen
Umstände, sich in die Seele meines ungeborenen
Wesens nicht nur einprägten, sondern gleichzeitig
auf unbewusster Ebene mitbestimmende Rollen in
der Gestaltung meines Lebens repräsentieren.

So zeigen sie sich durch Suche nach liebevoller
Geborgenheit.
Die Abwesenheit dieser Lebensqualität zeigt sich
    ⇒ durch das Tourette-Syndrom
    Ausdruck einer inneren Unsicherheit,
    hektische Unruhe und Ängstlichkeit…

Aber auch das Kämpferische und die Freude am
Leben möchten sich stark machen.
So sind sie, im wahrsten Sinn der Bedeutung des
Wortes Syndrom, Mitläufer meines Lebensweges.

Aller Anfang ist Freude

Die Welt ist groß, weit und schön.
Ich glaube, durch mich wurde sie noch bunter.
Ich war ein Wunschkind, sagt meine Mama.

Meine vorzeitige Geburt war etwas Besonderes.
Schon deshalb, weil ich in hektischer Vorfreude
den Pfingstsonntag auswählte.

Dass meine Anwesenheit diese Welt bereichert,
ist ein kleines Wunder. Alle mich erwartenden
Angehörige ließen sich durch große Vorfreude
beleben. Niemand wusste, welche Existenzweise
ich gewählt hatte, um mein Umfeld mit meiner
Anwesenheit zu erfreuen.

Meine Geburt war nicht leicht, erst leichter, als
das erste Kind schreiend abgenabelt wurde. Nur:
ich war das noch nicht! Es war meine Schwester!

Unsere Geburt wurde aus medizinischen Gründen
vorzeitig eingeleitet. Mögliche Nebenwirkungen
aus pränatalen Erfahrungen können als Ursache
nicht ausgeschlossen werden. Meine Schwester
wurde als Erste auf diese Welt „geholt".
Ich kam später!
Keiner ahnte, dass es mich doppelt geben wird!

Die Ärzte konnten in den Untersuchungen keine zwei Herztöne wahrnehmen. Man war also nicht auf Zwillinge vorbereitet. Die Überraschung war natürlich perfekt. Eine perfekte doppelte Freude.

Ich bin ein Zwillingskind. Und geboren wurde ich im Sternzeichen Zwilling.

Nun begann die Lebenszeit eines Mädchens, das mit fröhlichem Gemüt und freudigem Herzen auf die Begegnung mit sich selbst entgegen geht.
Das Leben erwartete mich und ich war bereit.

Als die Bilder laufen lernten

Bis zum fünften Lebensjahr verbrachte ich meine Kindheit im Haus meiner Oma. Unsere Wohnung, die vier Personen aufnehmen musste, bestand aus ein kleines Zimmer und ein noch kleineres halbes Zimmer. Die Wohnung war nass und kalt und ich war oft krank. Und doch wuchs ich unter diesen prekären Lebensumständen in fürsorglicher Liebe und geteilter Zweisamkeit mit meiner Schwester auf.

Meine Mutter sagte mir, dass ich ein stilles Kind war. Doch das erste gesprochene Wort war nicht "Mama" oder "Papa", sondern "RUHE"!

Meine Mutter war überwältigt von dem rollenden „R" bei diesem Wort. wie sie mir später sagte,
aber auch traurig, dass ich nicht Mama und Papa als Erstworte gebrauchte, welche doch die ersten Plätze auf der Beliebtheitsskala belegen und allen Kleinkindern in freudigen Erwartungen geduldig „in-den-Mund- gelegt-werden".
Mit Sicherheit gaben mir meine eigenen Impulse einen Anlass, mich nicht an Regeln des offiziellen Brauchtums zu orientieren.

Kleinkinder empfinden im Allgemeinen äußeren Lärm als störende Einmischungen ihres inneren Seins. Nur in der Stille kann der konzentrierte Wachstumsprozess ihres Selbstwertes mühelos gedeihen.

Immer häufiger kam es zwischen meiner Mutter und meiner Großmutter auf verbaler Ebene zu lautstarken Meinungsverschiedenheiten. Aus Angst verkroch ich mich immer unter unserem runden Tisch und sehnte das schnelle Ende herbei.

Als Kleinkind habe ich noch nicht verstanden, aus welchen Gründen die Konflikte geführt wurden, warum meine Großmutter immer wieder meine Mutter lautstark attackierte.
Waren die sehr beengten Wohnverhältnisse, die gemeinsamen Nutzung der Küche oder des Bades eine Ursache für die kräftigen Gewitter?

Was ich verstand, waren die Tränen meiner Mutter danach. Sie litt unsagbar unter diesen Umständen.

Ich erinnere mich an den kleinen Igel in Garten, dem wir, nachdem er vor unserem Haus gesichtet wurde, ein Schälchen mit Milch vor die Tür stellten. Vom Fenster aus konnte ich die Tür einsehen und wartete lange auf den stachligen Gartenfreund.

Manchmal kam ihm Nachbars Katze zuvor und schleckte die Milchschale leer. Als wir der Katze einmal Fisch auf dem Teller legten und unsere Großmutter es bemerkte, fuhr sie meine Mutter böse an: „Diese Schweinerei auf der Treppe muss aufhören!"
Meine Großmutter konnte auch kein Herz für Tiere zeigen, genauso wie sie uns Enkel ablehnte.

Überlagerungen durch verbale Dissonanzen führen immer zu Verzerrungen der Lebensenergien und verleiten zu Fehlinterpretationen der eigenen Wahrnehmungsprozesse.

Kannte ich auf unbewusster Ebene die Bedeutung der inneren Kraft, die ihr individuelles Potenzial nur aus der inneren Ruhe entfalten kann?

Meine Mutter sprach oft davon, wie ich die Dinge im Leben um mich herum betrachtete, alles mit Bedacht und Klarheit.
Ich liebte das Leben, war immer zuversichtlich.
Irgendwann begann ich lauter und fröhlicher zu lachen.

Zu dieser Zeit kannte meine kindliche Seele keine Hetze, keinen Stress, keine Vorschriften.
Sie ließ sich von den Eindrücken und Einflüssen aus der eigenen kindlichen Welt animieren und

mit offenen Herzen eine Welt betrachten, die sich täglich veränderte, weiter und größer wurde und freudig erforscht und erobert werden wollte.

Ich war dazu bereit!

Nun geht es richtig los

Mit dem siebenten Lebensjahr begann ein neuer Lebensabschnitt für mich. Ich wurde eingeschult. Mit Beginn der Schulzeit veränderten sich alle Prioritäten in meinem Leben.
Wie sich das auf meine Lebensqualität auswirkte, konnte niemand mitfühlend wahrnehmen.

Ich besuchte keinen Kindergarten. Ein Jahr vor der Einschulung wurde ich in der Vorschule auf die Schulzeit eingestimmt.
Diese Einstimmungszeit fand regelmäßig einmal in der Woche an einen Nachmittag statt. Für mich bedeutete es: Jeden Morgen ausschlafen und ruhig den Tag beginnen können. Ich kannte noch keinen Druck und keine Hetze.

Meine Mutter behütete mich bis zum Beginn der Schulzeit übermäßig vorsichtig, denn ich war ein Frühchen und ihrer Meinung nach "zart wie eine Eisblume". Ich könnte schneller krank werden als normal entwickelte Kinder. Deshalb müsse ich "in Watte gepackt werden".

Doch nun begann die Schulzeit. Ein Leben nach der Uhr war mir bisher unbekannt. Diesen Druck kannte ich nicht. Bald reichte meine Kraft nicht mehr aus, um den wachsenden Druck Widerstand entgegenbringen zu können.

Ich hörte immer nur die Worte: beeile dich, trödle nicht, schnell, schnell, schnell…

Vor der Einschulung freute ich mich sehr auf das Lernen. Ich wollte lesen und schreiben lernen. Mit dem ersten Schultag wurde mir diese Vorfreude genommen.

In meinem biologischen Energiesystem bin ich als Linkshänderin programmiert, aber ich durfte fortan nur noch die rechte Hand zum Schreiben, Malen oder Basteln benutzen! In der Vorschule ist meine Linkshändigkeit respektiert worden. Daher gab es auch keine Probleme. Warum verlangt man jetzt von mir, dass ich gegen meine eigene Natur handeln soll?

Wer kann wirklich die emotionalen Schlachten nachempfinden, die ein lebensfrohes Schulkind erfahren muss, wenn die selbstregulierenden biologischen Systeme verletzt und missbraucht werden?

Polemische Eingriffe blockieren den natürlichen Fluss der Lebensenergien. Man fühlt sich schlecht und irgendetwas stimmt nicht mehr. Es entstehen Ängste.

Wer sagt mir, dass mit mir alles in Ordnung sei?

Wer sagt mir, dass es keine Unzulänglichkeit ist,

als Linkshänderin geboren zu sein?
Wer sagt mir, dass niemand in der Nähe ist, der mich so wahrnehmen kann, wie ich wirklich bin?

Mein Kopf entschied anders als von mir erwartet wurde. Dadurch entstand ein großer Druck in mir!

Einmal ging ich einfach vorzeitig von der Schule nach Hause. Ich hatte für mich beschlossen, jetzt hast du genug in der Schule gesessen, jetzt möchte ich wieder spielen, ich will das alles nicht.

Gemeint war: ich will diesen Druck nicht mehr!
Das kann auf Dauer nicht gut gehen!
Dieser Druck zeigte etwa zwei Wochen nach der Einschulung erste Spuren. Ich begann das rechte Auge ständig zuzukneifen und dabei den Mundwinkel hochzuziehen. Ein andermal zuckte ich mit den Armen oder ich gab plötzlich undefinierbare Laute von mir. Später wechselten die Symptome.
Eine Zeit lang hatte ich ständig das rechte Knie auf den Boden geschlagen, so sehr, dass nicht nur die Strumpfhosen ständig kaputt gingen, sondern durch den enormen Druck des Aufpralls eine Knochenhautentzündung entstand und das Bein durch Schiene bis zur Heilung mehrere Tage ruhig gestellt werden musste.
Meine Eltern packte das blanke Entsetzen!

Meine Zwillingsschwester hatte keine dieser Auffälligkeiten. Sie war rechtshändig geboren.

Da wir uns sehr ähnlich sahen, hatten wir viele Späße mit unserer Verwandtschaft oder anderen Menschen damit machen können, wer denn nun wer ist. Wir freuten uns mächtig, wenn wir dann wieder einmal verwechselt wurden.

Durch plötzliches Auftreten meiner motorischen Tics änderte sich das schlagartig und jeder konnte mich sofort erkennen.

Voll daneben

Keiner meiner Mitmenschen, weder meine Eltern,
noch die Verwandten oder die Klassenkameraden,
niemand verstand, was wirklich in mir vorging.
Am wenigsten ich. Ich war auffällig.

Als Kind versteht man plötzlich die Welt nicht
mehr, fragt sich, was ist passiert, warum reagiere
ich so, warum gerade ich? Plötzlich stand ich im
Mittelpunkt.

Nun begann für mich die Odyssee meines Lebens!
Kinderärzte wurden zu Rate gezogen. Es wurden
Fragen gestellt und ich wurde dabei beobachtet.
Geduldig ertrug ich unzählige Untersuchungen.

Anfangs fand ich das interessant und notwendig.
Aber sich ständig wiederholende Behandlungen
erzeugten in mir einen ablehnenden Widerstand.
Die umfangreichen Diagnosen von Psychiatern,
Neurologen, von Psychologen und Kinderärzten,
glaubten Anfall, Veitstanz, Epilepsie, Wahn oder
Tic festgestellt zu haben.
Man kam zu dem Ergebnis: Das Kind ist schwer
nervenkrank.
Wie aber behandelt man ein Nervenleiden mit
unterschiedlichen Gesichtern seines Ausdrucks,

das zum damaligen Zeitpunkt unbekannt und noch ohne Namen war? Richtig, man stellt das Kind erst einmal ruhig!
Das spart Zeit und Ursachensuche.

Für mich hieß das regelmäßige medikamentöse Einstellung. Es brauchte nicht gespart werden. Das breite Angebot der Pharmaindustrie konnte voll ausgeschöpft werden. Jeden Tag, morgens, mittags, abends, hohe Dosierungen von Rudotel, Radedorm, Faustan, Haloperidol...

Viele Namen anderer Medikamente, die an mir ausprobiert wurden, um mein Nervensystem, mein eigenes Informationsverarbeitungssystem zu beeinflussen, habe ich bereits vergessen.

Mein heutiger Blickwinkel lässt mich verstehen, warum meine Eltern das alles zuließen. Es war ihnen nicht möglich, die wahre Botschaft hinter dem Krankheitsbild weder zu begreifen noch zu verstehen.
Sie standen der Krankheit ihrer Tochter genauso ohnmächtig gegenüber wie die hoffnungsvoll aufgesuchte renommierte Ärzteschaft.

Meine Eltern überließen den Ärzten ausnahmslos alle medizinischen Entscheidungen. Sie waren noch fest im Glauben, dass die Ärzte schon das

Richtige tun werden, denn: sie wollten ja nur das Beste für ihre Tochter!

Erst nach Jahrzehnte vergeblichen Behandlungen habe ich erkannt, dass die Ärzte nicht fähig waren sich selbst die richtigen Fragen zu stellen, um die wirklichen Ursachen erkennen zu können.

Die symptomatischen Aktivitäten des Tourette-Syndroms und die ruhigstellenden psychischen Drogen haben mich so geprägt, dass ich innere Hektik und gleichzeitig ausgelaugte Müdigkeit erleben muss.

Aus den anfänglich kleinen Symptomen, die nach meiner Einschulung auftraten, haben sich nach jahrelangen „Nicht- behandelt- werden- können" schwerwiegende Störungen in meiner Psyche und in meinem Körper entwickelt.

Heute kann ich meinen Eltern verzeihen, da sie es zum damaligen Zeitpunkt nicht besser wissen konnten!
Die Auswirkungen der pharmazeutischen Mittel in meinem kindlichen Körper waren gravierend! Ständig lebte ich im Zustand von Benommenheit, permanente Übermüdung, Unkonzentriertheit und Appetitlosigkeit. Mein geistiger Fokus hatte seine Klarheit verloren.

Leistungsabfall war die unausweichliche Folge. Aber gleichzeitig sollte ich hochkonzentriert dem Schulgeschehen folgen. Ich befand mich in einer amtlich verordneten paradoxen Situation.

(Nach vielen Jahren ärztlicher Behandlung wurde mir amtlich eine Schwerbehinderung attestiert.)

Natürlich konnte ich zum damaligen Zeitpunkt meine wirkliche Situation weder verstehen noch verarbeiten. Ich wusste einfach nicht, wie ich zu meinen ursprünglich klaren Geist zurückkehren konnte.
Bei „passenden Gelegenheiten" bekam ich immer den Spruch: "Deine schulischen Leistungen entsprechen nicht deinem eigentlichen Können" vorgehalten.

Ich war weder faul noch dumm. Nein, das war ich wirklich nicht. Ich wollte lernen!!
Aber wie entfaltet man seine eigenen Fähigkeiten, wenn amtlich verordnete hoch dosierte Drogen mich erheblich behinderten?
„Nur nicht auffallen" oder „Nur nicht stören" oder „Immer normal wirken".

Mit verbalen Stereotypen der Umgangssprache soll mir suggerieren werden, dass es nur an mir liegt.

„Streng dich mehr an", „du kannst wenn du nur willst" oder „schone dich nicht wenn es um großes geht", waren Aussprüche meiner Mutter, wenn sie mit meinen schulischen Leistungen nicht zufrieden war. Wie habe ich diese Sätze gehasst! Sie bewiesen mir aber, dass sie nicht verstand, wie es wirklich in mir aussah und wie ich mich fühlte. Ich fühlte mich nicht mehr als das ICH, dass ich mal war.

Es ist so demütigend, wenn man herablassend beobachtet wird oder abwertend Mitleid zeigt, wenn man wie ein dummes Kind behandelt wird, weil man in die Schublade einer geistigen Behinderung gesteckt wird!
Das Leben fühlt sich irgendwann nicht mehr großartig an. Man bekommt immer mehr ein Gespür dafür, wer mit dem Herzen sehen kann und mich so akzeptiert wie ich bin oder wer unbewusst kategorische Ablehnung aussendet. Ich bin es auch leid, mich immer rechtfertigen oder beweisen zu müssen.
Ein ewiges Erklären warum, wieso, weshalb ich anders ticke, ist auf Dauer nervig und belastend.

Damit meine Schwester nicht durch meine Unruhe gestört wird, zog mein Vater zu mir ins Kinderzimmer und meine Schwester teilte das Schlafzimmer mit meiner Mutter.

Mit dieser Trennung begann sich eine ungewollte Distanz zu meiner Schwester zu entwickeln. Es wurde uns schwer gemacht, gemeinsames zu unternehmen. Jeder lebte für sich, und auch in der Schule wurden wir bewusst getrennt gesetzt. Ich fühlte mich verstoßen, einsam, ungeliebt.

Es gab auch nie ein abendliches Kuscheln oder das Vorlesen einer "Gute-Nacht-Geschichte", es fehlte Nähe, Wärme und Umarmung. Man sagte sich kurz "Gute Nacht", hatte zu schlafen und am Morgen wurde das Rollo hochgezogen mit den lautstarken Worten: "aufstehen, die Schule ruft, beeil dich!" geweckt.

Mein Vater ging zur Arbeit, nach der Arbeit in den Garten zu seinen Bienen, abends erwartete er das zubereitete Essen meiner Mutter. Sie ging nach unserer Geburt nicht mehr arbeiten, hatte sich um den Haushalt, die Kinder, Schule und alle anderen häuslichen Belange zu kümmern. Es herrschte in unserer Familie ein funktionelles Klima in der jeder automatisch damit beschäftigt war, seine Rolle zu perfektionieren.

Irgendwie lebte jeder für sich. Ich hatte immer das Gefühl, ich lebte am Leben vorbei.

Die Suche nach einem Katalysator

Kurz nach der Einschulung stellte meine Musiklehrerin fest, dass ich musisch sehr begabt bin. Sie war der Auffassung, ich sollte unbedingt ein Musikinstrument erlernen.

Meine Eltern kauften ein Klavier und ich begann 1969 an der Musikschule unserer Stadt, aus dem später das Konservatorium hervorging, eine Klavierausbildung.
Mir machte das Musizieren sehr viel Spaß. Das Erlernen der Notenschrift und das Umsetzen des Notenbildes in dynamische Klänge bereicherten meine Fantasie und mein emotionales Erleben. Ich war mit Freude erfüllt und hatte keinerlei nennenswerte Probleme beim Erlernen des Klavierspiels, obwohl ich Linkshänderin bin.

Meine Mutter war der Auffassung, ich nuschle zu sehr, spreche nicht deutlich genug und viel zu schnell. Aus diesem Grund erhielt ich fortan privat Gesangsunterricht. Eine ältere Dame, selbst einmal eine gestandene Sängerin, unterrichtete mich allwöchentlich von 1971-1975. Ich bin sehr gern zum Gesangsunterricht gegangen.

Als Kind sang ich für mein Leben gern! Singen war für mich eine Art Befreiung. Überall wo ich war, ob in freier Natur oder unter Menschen, ich sang nach Herzenslust.
Mit dem Singen konnte ich mich mitteilen, mich innerlich befreien von Traurigkeit und Ängsten.
So reifte in mir auch der Wunsch, später einmal Sängerin zu werden.

Wenn ich singe, musiziere oder tanze, so tue ich es nicht um Bewunderung und Aufmerksamkeit zu erhalten, sondern weil es mich erfüllt.
Musik bringt Licht in meine Seele und hellt meine Gemütsschwankungen auf.

Beeindruckend und für mich unbegreiflich war die Tatsache, dass sich bei allen musikalischen Aktivitäten keine Zuckungen, keine Tics zeigten.
Ich wirkte vollkommen ruhig und gesund.

Für meine Mutter stand beizeiten fest, dass mein Leben eine musikalische Richtung nehmen soll.
Ich war aber nicht das gewünschte Wunderkind.
Meine musikalischen Fähigkeiten entsprachen einfach nur dem eines musikalischen, talentierten Kindes.
Mit der Zeit spürte ich die starke Belastung von Schule, Klavier- und Gesangsunterricht und auch noch Christenlehre.

Mein mehrspuriges Tagespensum war immer mit der Erwartungshaltung Bestleistungen zu bringen, verbunden.
Da ich immer unter Medikamenteneinfluss stand, war es eine doppelte Belastung. Den inneren Kampf zwischen meinem schöpferischen Willen und der Macht der Medikamente, die mich ausbremsten, musste ich täglich aufs Neue führen.
Auf Dauer konnte das nicht gut gehen!

In den späteren Schuljahren hatte ich eine tolle Musiklehrerin, die mich so annahm wie ich war und die meine Musikalität bewunderte! Noch heute habe ich Kontakt zu ihr und wir reden die erlebte Schulzeit gerne in die Gegenwart zurück.

Dieser Musiklehrerin verdanke ich auch, dass ich ein wenig mehr Akzeptanz und Anerkennung von meinen Klassenkameraden erhielt. Vor jeder Musikstunde durfte ich auf dem vorhandenen Klavier im Musikraum ein Stück vorspielen. Manchmal spielte ich auch vierhändig mit meiner Zwillingsschwester.

Wie oft wurde ich verspottet, nachgeäfft und belächelt oder als "die Doofe" bezeichnet. Wenn ich aber auf dem Klavier spielte, war ich ruhig und konzentriert, konnte mein Können zeigen und alle Mitschüler hörten zu.

Es war ein besonders schönes Erlebnis als ich
1971 das komponierte Lied von meiner Mutter
"Im Pfefferkuchenland" gemeinsam mit meiner
Zwillingsschwester singen durfte.
Meine Musiklehrerin begleitete uns auf dem
Klavier und der Sender Cottbus hatte dieses Lied
in unserer Wohnung aufgenommen.
Diese schöne Aufnahme wurde am 20.12.71 vom
Berliner Rundfunk gesendet.
Bei „Familie Findig" wurde sie noch einmal am
06.12.89 ausgestrahlt.

Von 1974-1979 besuchte ich das Konservatorium.
Dort erhielt ich Unterricht im Fach Querflöte.
Nein, nicht etwa weil mein Klavierspiel nicht zu
einer Pianistenlaufbahn reichte, sondern weil ich
Flötenmusik wunderschön fand und meine Eltern
unter damals sehr schwierigen Umständen eine
Flöte käuflich erwerben konnten.
In der damaligen DDR wartete man bis zehn Jahre
auf ein fabrikneues Instrument. Das lag daran,
dass das Handwerk des Instrumentenbaus eine
hohe Qualität hatte und meist als Exportware galt.
Meine musikalischen Vorkenntnisse gestatteten
mir schnell Fortschritte beim Erlernen des Spiels
auf der Querflöte zu machen. So konnte ich schon
im ersten Unterrichtsjahr im Blasorchester des
Konservatoriums mitspielen.

Ab dem zweiten Schuljahr konnte ich als Flötistin mit meiner Piccoloflöte und meiner Querflöte zum Schülersymphonieorchester wechseln.

Ich war zu dieser Zeit überglücklich! Ich war von nun an Orchestermusikerin! Im Orchester wurde ich akzeptiert. Ich gehörte einfach dazu.
Es ist ein schönes und erhebendes Gefühl, seinen individuellen, solistischen Ausdruck in einem guten Kollektiv einzubringen und zu erleben.
Jedes Orchestermitglied weiß von sich, dass er/sie ein individueller Solist/in ist und alle zusammen ein wunderbar klingendes Kollektiv sind.

Ich war eine anerkannte Musikerin unter vielen.
Diese Anerkennung wurde mir in der Schule noch sonst wo nie zuteil.
Die Zeit von 1975-79 im Orchester war für mich wunderschön! Sie hat mir viel Fleiß abverlangt, aber es war mit einem Glücksgefühl verbunden.
Mein Wissen und meine Erfahrungen haben sich erweitert.
Sehr gerne erinnere ich mich deshalb auch an die Zeit, in der ich im Schülersymphonieorchester musizierte, zurück. Ich spielte die dritte Flöte. Diese Besetzung war bewusst vom Leiter des Orchesters so eingerichtet, denn dadurch konnte neben der Querflöte auch meine Piccoloflöte zum Einsatz kommen. Es gab zur damaligen Zeit kein

Schüler am Konservatorium, der auf beide Blasinstrumente spielen konnte und sie auch zur Verfügung hatte.

Das Schülersymphonieorchester hielt guten Kontakt zu einem Orchester in Poznan (Polen). Ich glaube es war das Jahr 1977, in dem wir als Gastorchester in die Partnerstadt reisen durften, um dort an zwei Tagen ein Konzert zu geben. Es war eine sehr schöne Zeit mit guten Erfahrungen, die ich erleben durfte.
Ich glaube, dass meine positiven Erfahrungen mit Musikern auch ausschlaggebend waren für den späteren Berufswunsch, Flötistin zu werden statt Sängerin!
Gerne erinnere ich mich auch zurück an den Auftritt in der Stadthalle. Dort fand ein Konzert mit dem damals gut bekannten Sänger J. Korn statt.
Im Vorprogramm durften unter anderem meine Schwester und ich vierhändig an zwei Flügeln spielen.
Ich erinnere mich noch genau, wir spielten aus „Jugendfreuden" von Diabelli einige sehr schöne Stücke und ich trug eine weiße Hose, schwarzes T-Shirt, meine Schwester eine schwarze Hose mit weißem T-Shirt. Es war das erste mal, dass ich auf so einer großen Bühne ein Konzert geben durfte und im Rampenlicht stand. Ein beeindruckendes Erlebnis!

Zwischenzeitlich lernte ich Gitarre spielen, aber der Privatlehrer war mir so unsympathisch, dass ich nach einem Jahr die Ausbildung abbrach.

Ich lernte gleichzeitig verschiedene Instrumente. Neben Klavier, Querflöte und Gitarre erhielt ich Gesangsunterricht und spielte im Orchester. Das war alles an Verpflichtungen gebunden, Fleiß, Ehrgeiz und Disziplin. Warum aber tat ich mir das alles an?

Ich liebte die Musik, sie bereicherte mein Leben und ist es bis heute geblieben. Aus heutiger Sicht würde ich sagen, es war mit einem Überlebenskampf verbunden.
Ich erlernte bewusst mehrere Instrumente, um den Menschen zu zeigen, dass ich nicht dumm bin, wie sooft geglaubt wurde, sondern nur an einem Nervenleiden erkrankt bin.
Jahre später besuchte ich mehrere Sprachkurse in der Volkshochschule mit dem Ziel, den Nachweis der Sprachkunde in Ungarisch, Bulgarisch und Französisch zu erhalten.
Gleichermaßen nahm ich am Konservatorium an einer Spezialausbildung 1983-84 mit Abschluss in Theorie für Tanz- und Unterhaltungsmusiker (TUM) der Sonderstufe teil.
In privaten Unterrichtsstunden ließ ich mich auf dem Sopran- und Alt-Saxophon ausbilden.

Aber wem musste ich etwas beweisen? Eigentlich doch nur mir selber! Immer und immer wieder entstand in mir der Druck beweisen zu müssen: ich bin nicht geistig behindert sondert nur durch Tics auffällig!
Als Kind und Jugendliche konnte ich die innere antreibende seelische Programmierung noch nicht verstehen.

Wenn man mit einem Handicap belastet ist, wird man immer automatisch aus Perspektiven des bequemen Schubladendenkens betrachtet.
Man muss also nicht nur 100% Leistung bringen, sondern mit 150% immer einen "Tic" besser sein als andere.
Ich musste, ansonsten hätte ich unter damaligen Umständen keine Chancen gehabt!
Ich lernte die schöne Seite der Musik kennen, gleichzeitig aber auch die Härte des Lebens, die Menschen, die Forderungen an mich stellten.
Ich lernte Ehrgeiz und Disziplin. Ich wollte im Leben bestehen. Ich wollte auch Verantwortung übernehmen für all meine Verpflichtungen im Leben. Für meinen Körper aber hatte ich nie Verantwortung übernommen.
Manchmal wollte ich vor diesem Leben weglaufen, mich verstecken, ausklicken, weil irgendwann alles zu viel wurde.

Ich fühlte tendenzielle Überforderung in mir. Auf der einen Seite war Begeisterung und Hingabe für meine Musik, dann ist mein Leben wieder einmal völlig aus den Fugen geraten.
Es erschien mir wie eine Tunnelfahrt in Richtung Einbahnstraße mit Endstation Mauer.

Immer wieder holte mich, mal mehr, mal weniger, meine Krankheit ein, zeigte mir nicht nur die Grenzen auf, sondern zerstörte auch meine Hoffnungen, Träume, mein Leben. Manchmal schmiss ich mir in so mancher prekären Situation mehr Tabletten ein, nur um durchzuhalten.

Wenn ich wieder einmal völlig am Boden und verzweifelt war, malte ich mir manchmal aus wie schön es wäre, gesund zu sein und unauffällig, ein Mensch wie jeder andere auch.
Gleichzeitig ereilten mich immer wieder die erbitterten Fragen nach dem „Warum?"
Und warum ausgerechnet ich?

Beispielgebend war das Kinder- und Jugend-Musical, in dem ich von 1974-77 mitsang und einmal tänzerisch einen Auftritt hatte. Mein Nervenleiden wurde störend empfunden und ich wurde ausgeschlossen. Das sagte man mir nicht direkt, sondern manchmal mit der Begründung, dass wegen der geringen Bühnenkapazität nur eine kleine Auswahl von Tänzern zum Auftritt mitgenommen werden kann. Natürlich gehörte ich nicht zu der Auswahl.

Den Stress spürte ich immer mehr und ich tickte immer öfter aus. Manchmal zeigte sich das durch Zuckungen, aber auch von Zerstörungen. Manchmal hämmerte ich solange mit dem Stift auf das Notenblatt, bis es mit Tintenpunkte übersät war. Manchmal brach auch die Feder meines Füllers entzwei.

Manchmal klopfte ich meine Piccoloflöte auf den Tisch, so dass das Mundstück Einkerbungen bekam und keine gute Tonbildung mehr möglich war.
Wenn ich heute mal die Piccoloflöte in die Hand nehme und die Zerstörungen betrachte, erschreckt es mich zutiefst!

Ich stand wie ein Kessel immer unter Hochdruck: Leistungsdruck, Eile und Zwänge. Ich wollte dem oftmals entgehen, fliehen, mich verstecken, alles ungültig machen. Aber Krisen, Schmerzen und seelische Tiefen konnten mich nicht aufhalten, mich weiterzuentwickeln.
In einem "stinknormalen Leben" wäre diese Form durch Entwicklungsprozess zu gehen, unmöglich gewesen.

Den Weitblick für das Wesentliche der Gegenwart bekommt man eigentlich nur durch Entwicklung einer neuen Betrachtungsweise aus einer übergeordneten Perspektive.

So konnte ich all die Jahre bestehen und bessere Maßstäbe für meinen gegenwärtigen Lebensweg festlegen. Für diese Erkenntnis bin ich heute sehr dankbar!

Damals wusste ich nicht, wie Programmierungen mit Druck meine Psyche manipulieren, die zu ein Leben mit inneren Realitätsverschiebungen und sicheren Katastrophen führen muss.

Heute würde ich, mit Abstand betrachtend, sagen, dass meine Krankheit mir zur Lebensaufgabe wurde, aus der ich sensibler aber auch stärker hervorgegangen bin.

Viele Narben sind geblieben, aber sie definierten nicht meine Zukunft.
Dass sie einen Sinn haben, verstand ich erst viel später.

Tunnel bauen oder Mauer einreißen

Seit meiner Geburt sind viele Jahre gekommen und gegangen. Die Phasen meiner Tics, manchmal deutlich, manchmal etwas stärker, waren und sind, unabhängig von Freude und Aufregung, immer präsent.

Die schulischen Leistungsanforderungen und die Aufgaben im musikalischen Bereich waren für mich irgendwann nicht mehr im vollen Umfang zu meiner Zufriedenheit erfüllbar.
Ich fühlte mich immer unter Druck gesetzt, alles musste schnell und gleichzeitig gehen und es sollte Perfektion aufweisen. Ich habe dann zeitweise nur noch funktioniert. Durchhalten war die Devise. Druck ablassen war nur möglich durch übermäßiges Austicken.

Es gab auch Zeiten, da habe ich einfach meine Medikamentendosis erhöht, um den Stress und Druck um mich herum einfach nicht mehr so intensiv wahrnehmen zu müssen.
In all der Zeit hoher Belastung wurden meine Tics zwar stärker, aber sie wechselten bereits seltener.
Da die Neurologen und Psychologen mit ihrem Latein an Grenzen kamen, überwies man mich zur Weiterbehandlung an die Charité in Berlin.

Für mich hieß das, einmal im Monat mit dem Zug nach Berlin zu fahren. Es war Stress pur für mich immer montags, zu Beginn der Arbeitswoche. in überfüllte Züge zu fahren.

Und wieder musste ich mich dort vielen Fragen und wichtigen Untersuchungen unterziehen, neue Medikamente nehmen. Ich wollte das alles nicht. Nein, nicht mehr. Ich wollte einfach nur in Ruhe gelassen werden!
Aber genau das wurde nicht verstanden.

Meine Mutter wurde wütend, denn immer wenn sie mit mir bei einem Neurologen vorstellig wurde, stellte ich mich ruhig. Ich fühlte mich immer wie ein zur Schau gestelltes Objekt. Man sprach mit meiner Mutter über die Vorgeschichte meiner Krankheit. Gleichzeitig waren alle Augen auf mich gerichtet. Sie wollten meine Reaktionen beobachten. Als Kranke wird man oft auf einen Sockel gestellt.

Entweder schauen die Leute in meiner Gegenwart weg oder starren mich an. Sie sehen immer nur meine Zuckungen und nicht meine fröhlichen Augen. Man hat mich immer als liebenswertes, freundliches und fröhliches Wesen beschrieben. Da passen dann einfach keine Tics dazu. Dieses Gaffen konnte ich einfach irgendwann nicht mehr ertragen. So bin ich eben beizeiten vom Sockel heruntergestiegen.

Kinder haben manchmal weniger Probleme im Umgang mit „Andersartig-Sein". Jugendliche offenbaren oft einen hässlichen und gemeinen Habitus. Erwachsene haben damit fast immer Probleme.
Warum, weshalb, wieso eigentlich Erwachsene?

Ich erinnere mich, dass ich eine Zeitlang, immer Samstag Nachmittag zu einer Krankenschwester in den Stadtteil Ströbitz musste.
Sie injizierte im wöchentlichen Wechsel eine große Spritze Faustan und in der folgende Woche eine kleine Spritze Faustan und dazu eine kleine Spritze Vitamin B-Komplex. Danach war ich für den Tag benommen und stand so neben mir, dass an spielen mit anderen Kindern nicht mehr zu denken war. Ich fand diese Prozedur grausam!
Hauptsache ruhig gestellt!

Meine Eltern unternahmen alles, damit ich gesund werde. Die Ärzte ließen keine Gelegenheit ungenutzt, ihr Wissen und Versuche an mir zu erproben. Ich mochte diese Art Ärzte nicht.
Ich selbst hatte in meinem Inneren das Gefühl: nichts hilft mir mehr als mich einfach nur in Ruhe zu lassen!

Keinen Druck, keinen Zwang, kein Muss, keine Eile! Nichts von all dem!

Ich musste täglich viel am Klavier oder auf der Flöte üben. Manchmal hatte ich aber doch noch Zeit, mit anderen Kindern im Freien zu spielen. Einmal ergab sich eine Situation, an die ich mich noch genau erinnere: Meine Mutter rief aufgeregt: „Komm schnell, du musst mit!"

Natürlich verstand ich nicht was der Grund der Eile war, worum es ging, was so wichtig war, dass ich nicht weiterspielen durfte. Gemeint war, dass durch eine Mitfahrgemeinschaft die Möglichkeit bestand, mich zu einer "weisen Frau" zu bringen, die Krankheiten bespricht.

Welches Exempel wurde hier statuiert? Ich glaubte nicht an so etwas, ich wollte nur in Ruhe gelassen werden. "Damit du endlich gesund wirst", war die Antwort meiner Mutter.

Ein andermal entdeckten meine Eltern die Hypnose als Heilmittel. Ein älterer Herr, pensionierter Arzt, verstand sich auf diesem Gebiet hervorragend und meine Eltern schickten mich dann wöchentlich zur Behandlung in die Kleinstadt Finsterwalde, um mich von ihm behandeln zu lassen.

Während andere Kinder draußen spielen konnten, musste ich die einstündige Zugfahrt zu ihm antreten, und irgendwann in der Dunkelheit kam ich abends wieder heim. Es war für mich eine enorme Belastung!
In den Wintermonaten, wenn ich auf den fast unbeleuchteten alten Bahnhöfen fröstelnd auf den Zug warten musste, war das mit Angst verbunden.

Meine Eltern ließen nichts unversucht, um eine professionelle Hilfe zu erhalten. Sie gaben dafür viel Geld aus.
Ich denke dabei an die Bulgarienreise zu verschiedenen Neurologen in Sofia. Aber auch die bulgarischen Fachärzte konnten mit meiner Nervenkrankheit nicht umgehen und empfahlen den Kurort Bankia, nahe der Hauptstadt, das über ein Thermalbad verfügt und deren Luft sehr beruhigend und gesund sein soll, aufzusuchen.
Dort verbrachte ich dann zwei Wochen, aber eine Besserung war nicht sichtbar.
Ein positiver Effekt war, dass ich durch den Umgang mit Einheimischen die Sprache erlernen konnte.

Ich wollte das alles nicht mehr! Ich spürte Aggression in mir, die sagen wollte: mir kann sowieso keiner helfen! Aber das konnte und durfte ich meinen Eltern nicht sagen, denn sie gaben die

Hoffnung auf Heilung nie auf. Ich irgendwann schon. Das spürt man als Betroffene, dass alles irgendwann keinen Sinn macht...

In der Schule wurden die Gemeinheiten immer gravierender. Pubertierende Jugendliche können sehr aggressiv sein. Das musste ich immer wieder aufs Neue erleben. Sie freuten sich daran, mir Schaden zuzufügen und sich gleichzeitig stark zu fühlen.
Das begann mit Wegnehmen von Federtasche, Hausaufgaben oder Sportsachen.

Einmal bekam ich die Hausarbeit nicht wieder oder konnte meine geklauten und dann versteckten Aufzeichnungen nicht rechtzeitig wiederfinden. Ich hatte Angst dem Lehrer die Wahrheit mitzuteilen und log ihm meine Vergesslichkeit vor. Ich durfte nicht petzen, dann wäre ich noch mehr Peinigungen ausgesetzt gewesen. Die schlechte Note war schlimm genug.

Ein andermal, es war Abend und schon recht dunkel, da glaubten die Jungs aus meiner Klasse, ich käme mit dem Fahrrad die Straße entlang und stürzten mich mit dem Rad um und schrien dabei: die Doofe kommt, die Doofe kommt! Aber ich war nicht die doofe Person auf dem Rad, sondern meine Zwillingsschwester.

Es tat mir unendlich leid, dass meine Schwester unter den Gewaltexzessen der Klassenkameraden zu leiden hatte, deren Verachtung, Hohn und Spott eigentlich mir galt.

Die Ankündigung von Klassenarbeiten lösten bei mir Bauchschmerzen und Magenschmerzen aus. Manchmal mit so starken Krämpfen verbunden, dass ich erbrechen musste.

Nur teilweise war hier die Angst, die geforderten Aufgaben nicht erfüllen zu können, der Auslöser. Vielmehr war es die Angst vor meinen Tics. Ich wusste, dass ich total austicke wenn äußerer Druck besteht.

Bei Klassenarbeiten entsteht immer Zeitdruck, sei es rechnerisch nicht schnell genug zu sein oder bei Übersetzungen von Fremdsprachen nicht schnell genug zu sein, um die gesuchten Worte im Wörterbuch zu finden.
Einmal, ich erinnere mich, hab ich voller Panik beim Umblättern im Wörterbuch die Seite durch meine starken Zuckungen herausgerissen und mich mit Lauten bemerkbar gemacht.

Alle Klassenkameraden haben gelacht und sich köstlich amüsiert. Danach versagte ich bei dieser Arbeit völlig.

Ich erinnere mich auch ganz ungern an eine Klassenfahrt, die auch mit Übernachtung in einer Jugendherberge verbunden war. Die Zimmer waren mit je drei Doppelstockbetten eingerichtet.

Und nun begann das Problem: bei der Vergabe einigte man sich untereinander, wer mit wem im Zimmer schlafen wollte. Nur ich war nirgends erwünscht! Durch den Lehrer wurde ich einfach einem Zimmer zugeteilt.

Ein Alptraum begann für mich! Ich sollte nun die Ablehnung der Mitschüler bewusst spüren. Man akzeptierte mich nicht, sprach nicht mit mir, machte üble Bemerkungen über mich und gefiel sich in übertriebenes Nachäffen meiner Ticks.
Ich zählte die Stunden bis zur Heimreise.
Von den Vorkommnissen konnte ich niemanden etwas erzählen, denn ich wollte kein Aufsehen, das für mich nur neuen Ärger bringen würde.
Ich habe einfach nur geschluckt und still gelitten. Solche erlebten Gefühle lassen sich mit keinem Vokabular erklären.

Um Anerkennung bei den Klassenkameraden zu erhalten, verzichtete ich in der Schule auf das Mittagessen. Ich kaufte für das Geld, das für die Essenmarken bestimmt war, Zigaretten für die Raucher.

Dadurch wurde ich angenommen und begann fortan selbst mit dem Rauchen. Jede Pause stand ich nun hinterm Schulhof und war nun "eine von ihnen".

Im Sommer 1979 war die Schulzeit beendet. Mein Zeugnis war gut, aber mit dieser Beurteilung wusste ich im Voraus, dass ich unmöglich so in die Berufswelt integriert werden konnte, dass es Probleme geben wird:
"... Sabine ist eine strebsame und fleißige Schülerin. Ihr fiel eine ständige Konzentration im Unterricht sehr schwer, deshalb konnte sie nicht immer die von ihr angestrebten Leistungen erbringen. Sabine muss ihr Selbstvertrauen weiter festigen...".

Ich bin gern zu meiner Oma aufs Land gefahren. Dort war es ruhig und die Natur noch in Ordnung. Ich bin an manchem Tag auf den Friedhof zum Grab meines Großvaters gegangen und habe dann die Pflanzen gegossen, den Blumen frisches Wasser gegeben wenn welche in der Vase standen oder den Weg geharkt. Plötzlich durfte ich das nicht mehr, nur nicht allein durchs Dorf gehen. "Die Leute sollen dich nicht sehen, was sollen die denn denken und sagen!", war das Argument meiner Großmutter. Sie schämte sich für ihre kranke Enkelin. Mich stimmte ihre Ablehnung tief traurig. Ich habe dann doch irgendwann heimlich den Hof verlassen und schlich zum Friedhof. Dort konnte ich über die Ohnmacht meines Lebens und des endlosen Leidens den Tränen freien Lauf lassen.

Als ich siebzehn Jahre alt war und ich immer noch jeden ersten Montag des Monats in die Charité musste, obwohl keine Aussicht auf Heilung oder Hilfe außer Ruhigstellen bestand, wurde meine Mutter mit dem Vorschlag konfrontiert, eine Schädelöffnung an mir vornehmen zu lassen.
Man wollte einfach mal "reinschauen".

Nun war der Zeitpunkt angesagt, wo ich erstmalig rebellierte, mich weigerte, Veränderungen an mir vornehmen zu lassen! Ich stand kurz vor meinem achtzehnten Geburtstag und konnte den Tag der Volljährigkeit kaum erwarten. Dann könnte ich über mich selbst Entscheidungen treffen und die Verantwortung für mich selbst übernehmen.

Die Schulzeit war bereits beendet, da musste ich jeden Samstag zu einer Ärztin nach Dresden, die sich auf dem Gebiet der Akupunktur verstand.
Sie wohnte in einer Altbauwohnung außerhalb der Stadt. So musste ich außer den Zug auch noch die Straßenbahnen benutzen, um zu ihr gelangen zu können.

Anfangs glaubte ich noch an Veränderung, als ich aber immer öfter mit den gesetzten Nadeln in den Armen und Kopf im Hinterzimmer lag, hörte ich sie durch die geöffnete Tür mit Geschirr klappern, wie sie kocht, mit ihrer Tochter über die Schule sprach. Da bezweifelte ich die Heilwirkung.

Die Ärztin erschien mir ohne Interesse und eher froh, mich schnell wieder los zu sein. Ich erinnere mich nicht mehr an die entrichteten finanziellen Leistungen. Ich weiß aber, dass meine Eltern viel Geld in diese Behandlungen investierten.

Am frühen Morgen mit dem ersten Zug bei Wind und Wetter nach Dresden, und wenn die Sitzung gegen Mittag beendet war, dann gab es mehrere Stunden keine Zugverbindung Richtung Heimat. Das stundenlange Warten auf dem Bahnhof, um irgendwann die Heimreise antreten zu können und gegen Abend wieder daheim anzukommen, war schon brutal!
Die Städteverbindungen der Bahn konzentrierten sich eben auf die Morgen- und Abendstunden. Es brachte mir nichts außer viel Stress!

Einmal, ich wollte nicht stundenlang auf den Zug warten, entschloss ich mich zu trampen. Da ich es zum ersten Mal versuchte, hielt ich die Autos in der falschen Richtung an.

Ein freundlicher Autofahrer wies mich auf die andere Straßenseite hin.

Was ich auf dieser Fahrt erlebte, wie oft ich ein-, um- und aussteigen musste, ich wusste es am Abend nicht mehr. Mir wurde aber klar, dass ich niemals mehr in meinem Leben je per Anhalter fahren würde! Erst im Nachhinein wurde mir bewusst, welchen Gefahren ich mich ausgesetzt habe, was alles hätte passieren können. Und alles nur, damit sich die lange Wartezeit auf den Zug verkürzt und ich schneller zu Hause bin. Was für ein Wahnsinn!

Eine weitere Möglichkeit, innere Ruhe und Ausgeglichenheit zu erlangen, bot sich mir ambulant im Krankenhaus mit Progressiver Muskelentspannung und Autogenem Training. So wunderbar die ruhige Begleitmusik auch beim AT war, ich fand keine Entspannung dabei. Ich konnte den Fokus nicht auf mein Inneres richten, vielmehr folgte mein Geist aufmerksam der mir bekannten Musik. Diese Entspannungstechnik konnte ich für mich nicht nutzen.

Als Jugendlicher probiert man gern vieles aus. Natürlich blieb es auch nicht aus, dass ich mit Cannabis in Berührung kam. Wir Jugendliche saßen um ein Lagerfeuer und die Wasserpfeife wurde von Person zu Person weitergereicht. Ich habe die positive Erfahrung gemacht, dass meine Tics während des Rauchens relativ gering waren und ich mich sehr wohl fühlte.

Meine Last mit der Belastung trug ich immer wie einen schweren Rucksack auf meinen Schultern mit mir herum. Ich hatte immer das Bedürfnis, endlich diese Last mit der Krankheit, den Sorgen und Nöten ablegen zu wollen.

Ich wollte es im Leben endlich leichter haben und gesund sein, mit klarem Geist, großer Freude, Zuversicht und Hoffnung in das Morgen schauen. Ich wünschte es mir jeden Tag neu, aber alles blieb wie immer.
Manchmal muss ich mich endschleunigen, vom Hochdruck befreien. Dann mache ich Leerlauf im Gehirn und lass einfach die Seele baumeln, tue nichts, genieße die Ruhe um mich herum. Das ist dann immer wie Kurzurlaub für mein Gehirn. Das genügt mir dann ganz und gar für den Augenblick.

Appassionata

Allwöchentlich trafen sich die Konfirmierten in den Kellerräumen der lutherischen Kirche, um über Gott und die Welt, Liebe, Berufswünsche zu reden oder hörten unsere damals moderne Musik auf unseren Tonträgern an. Vor allem Musik aus dem Westen, die in der damaligen DDR verboten war, wurde ausgetauscht und auf Kassetten überspielt.

Ich war gerade siebzehn Jahre alt und interessierte mich für einen gleichaltrigen Jungen aus der Konfirmandengemeinde. Es entstand eine sehr freundschaftliche Beziehung. Wie das Leben aber so spielt, entwickelte sich aus dieser so rein freundschaftlichen Beziehung eine erste große Liebe. Natürlich waren wir unerfahren aber dennoch gut aufgeklärt. Das macht man entweder mit sich aus oder im Austausch mit Gleichaltrigen.

So ergab sich die wunderbare Gelegenheit, dass wir irgendwann einmal einen Ausflug des Chores, in dem auch die Pflegemutter meines Freundes mitsang, zu einem ersten intimen Kennenlernen nutzten.
Wir ahnten aber nicht, dass die Reise wegen eines

Defekts des Busses abgebrochen werden musste.
Die Pflegemutter kam natürlich unerwartet heim
und entdeckte uns beide.

Wie hatten geglaubt, unsere Entscheidungen
füreinander eigenverantwortlich leben zu können.
Es war für uns nicht vorstellbar, dass man sich in
unsere Beziehung einmischen würde.
So gab es bei meinen Eltern eine Aussprache, die
darauf abzielte, unsere Beziehung für beendet zu
erklären.
Sie wollte nicht verantworten müssen, dass ihr
Pflegesohn möglicherweise ein belastetes Kind
aufziehen muss, welches dann so nervenkrank
sein würde, wie ich es bin.

Welche Konsequenzen ein Handicap auch in
Bezug auf eine Liebesbeziehung haben kann,
wurde mir einmal klar vorgeführt.

Wir haben beide sehr unter der Trennung gelitten!
Wenn es die erste Liebe ist, entstehen prägende
Bindungen mit bleibenden Erinnerungen. Sind es
doch die ersten Erlebnisse auf emotionaler Ebene.
Ein erzwungener Abbruch ruft immer gravierende
Störungen im Selbstwert und Leid hervor.
Auf freundschaftlicher Ebene waren wir einander
noch lange verbunden, aber irgendwann war eine
endgültige Trennung absehbar.

Berufung und Ablehnung

Meine Liebe zur Musik hat bewirkt, dass in mir der Wunsch reifte, eine Orchestermusikerin zu werden.
Ich wusste, dass ich dafür mit unermüdlichem Fleiß meine ganze Kraft einsetzen musste, um dieses Ziel zu erreichen.

Im elterlichen Haus konnte ich nicht üben wie ich wollte. Nach der Schule, die immer sehr spät endete, musste meine Schwester immer mehrere Stunden am Klavier üben, denn auch sie wollte Musik studieren. Mir blieb dann nur die Flucht ins Kinderzimmer. Die dünnen Wände ließen ein konzentriertes Üben einfach nicht zu.
Eine geeignete Lösung zu finden war in diesen begrenzten Räumlichkeiten nicht möglich.

Meine Mutter hatte für alles immer eine Lösung parat, wusste genau was gut und richtig für mich ist und was gerade ansteht, um erledigt zu werden.
Im Glauben, mir Katastrophen zu ersparenden, schrieb sie mir den Tagesablauf genau vor.
Ich wollte meine eigenen Impulse spüren und meinen eigenen Impulsen vertrauen. Ich wollte ohne Bevormundung handeln können.
Ich wollte Lösung A nicht zustimmen, weil mich

Lösung B mehr überzeugte. Ich wollte meinen eigenen Weg gehen, mich ausprobieren, neu orientieren.

Wie sollte ich sonst lernen Verantwortung zu übernehmen um Selbständigkeit zu finden, wenn eigenes Leben nicht gelebt werden darf?!

Irgendwann begann ich mich gegen die vorgefertigten Ratschläge zu wehren. Ich setzte mich Stück für Stück durch, manchmal forsch, manchmal recht laut. Es folgten Taten. Ich begann für meinen Wunsch zu kämpfen, für mich zu kämpfen! Ich wollte mein Ziel erreichen, als Sieger hervorgehen und nicht immer auf dem Verliererposten oder dem Abstellgleis stehen!

Meine eigene Wertevorstellung, die ich bewusst darlegte, brachte meine Mutter oft in Rage. So kam es zwangsläufig vermehrt zu Streit und Unstimmigkeiten über Lebensansichten. Das eigene Ausprobieren des Selbstwertes und das Sammeln der daraus gewonnenen Lebenserfahrungen galten als opportun.

Wie aber sollte ich später als Musikstudentin in einer fremden Stadt allein bestehen?

Es wurde nun wichtig, dass ich mich ungestört auf die Aufnahmeprüfung an der Dresdener Musikhochschule vorbereiten kann. Deshalb fuhr ich nun täglich, um ungestört üben zu können, mit der Straßenbahn ins Konservatorium. Dort konnte ich für mehrere Stunden einen Raum mieten, der gerade von den Lehren nicht für ihren Unterricht belegt war. Das war als Schülerin dieses Hauses problemlos möglich.

Den ganzen Nachmittag bis zum späten Abend übte ich dort. Wenn ein Raum mit Klavier zur Verfügung stand, konnte ich außer auf der Flöte zu üben auch eine Zeitlang auf dem Klavier spielen. Oftmals erledigte ich auch dort meine schulischen Hausaufgaben oder hatte im Haus noch Orchesterprobe oder Theorieunterricht. Das ließ sich alles prima kombinieren.

Am 22.11.77 fand die Aufnahmeprüfung an der Hochschule statt. Je näher der Prüfungstag rückte, desto unruhiger wurde ich. Ich bekam Schlafstörungen, Magenschmerzen und inneren Druck und meine Tics häuften sich zunehmend.
Dabei war Angst eigentlich unnötig, denn die Eignungsprüfung hatte ich Monate zuvor mit Bravour bestanden.

Bei Prüfungsangst in der Schule zeigte sich Angst immer in Form von Übelkeit, Erbrechen oder Durchfall. Sie war immer abhängig vom Schweregrad einer Arbeit, dem Beliebtheitsfaktor eines

Schulfaches oder lapidaren Versagensangst, den Anforderungen nicht gewachsen zu sein.

Natürlich war es meinen Klassenkameraden in der Schule nicht verborgen geblieben, wie wichtig die bevorstehende Aufnahmeprüfung für mich war.
Die Schulleitung stellte mich für diesen Tag frei.
Zu dieser Zeit hatten bereits alle Schüler meiner Klasse einen Lehrvertrag abgeschlossen.
Ich brauchte keinen Lehrvertrag, denn ich hatte den festen Wunsch nach dem Schulabschluss ein Musikstudium zu beginnen.
Ich glaubte an mich.

Die Aufnahmeprüfung hatte ich nicht bestanden!
Von den zwölf Bewerbern wurden nur zwei zum Studium zugelassen. Wie ich im Nachhinein erfahren habe, soll die Vergabe der Studienplätze namentlich schon vorher festgestanden haben. Ich war fassungslos und total am Boden zerstört!
Mein Lebenstraum war nun ein Trümmerhaufen!
Ich stand kurz vor der Selbstaufgabe!

Diese Niederlage, die ich damals als persönliches Versagen ansah, habe ich nie ganz überwunden und psychisch bin ich an dieser Katastrophe fast zerbrochen.

Monatelanges konzentriertes Arbeiten mit vielen, vielen täglichen Übungsstunden unter unsagbar schwierigen psychischen Bedingungen, Druck und persönlichen Entbehrungen. Das sollte alles umsonst gewesen sein? Ein Dilemma unsagbaren Ausmaßes!

Doch nicht genug der Tragödie. Mit öffentlicher Häme reagierten die Mittschüler, die schon immer davon überzeugt waren: die Doofe schafft das doch nie!

Mein Berufswunsch, Flötistin in einem Orchester zu werden, schwand von Tag zu Tag. Ich sah keine andere Möglichkeit mehr, als mich im Ausland zu bewerben. Unsere Eltern hatten gute Kontakte nach Bulgarien. Diese waren von Vorteil zur ersten Kontaktaufnahme 1977 mit Herrn Professor Jordan Kindaloff in Sofia.

Er war bereit, mich persönlich zu unterrichten! Allerdings benötigte ich eine Erlaubnis für einen Auslandsstudienplatz.
Diese musste man in der damaligen DDR beim Ministerium für Kultur in Berlin beantragen. Aber das Ministerium für Kultur lehnte es ab, mir ein Auslandsstudium zu ermöglichen.

Die Ablehnung wurde damit begründet, dass ich keine erstklassigen politischen und fachlichen Fähigkeiten und kein makelloses Gesundheitszeugnis mit voller Belastbarkeit nachweisen konnte.

Ich war am Boden zerstört, nur noch der Schatten einer Ruine und tieftraurig über den Verlust der lichtvollen Hoffnung aus Bulgarien.

Was sollte nun aus mir werden? Versagensängste und Zukunftsängste prallten ungehindert auf mich ein. Ich verlor alle Zuversicht, Kraft und Stärke und den Boden unter den Füßen. Ich hatte keinen Studienplatz und auch keinen Lehrvertrag.

Meine Eltern erfuhren über die Kirchgemeinde, dass in einer Schneidermeisterei eine Lehrstelle für das nächste Jahr noch unbesetzt war.

Es wurde angeregt, dass ich eine Ausbildung zur Schneiderin erhalten soll.

Nun hatte ich einen Lehrvertrag, hatte aber keinen Bezug zu dieser Tätigkeit. Das konnte auch nicht gut gehen.

Bereits nach Lehrbeginn zeigten sich die ersten Schwierigkeiten und Probleme: die Fingernägel mussten lang sein, um den Stoff besser greifen zu können, ich aber hielt sie kurz, um besser Klavier spielen zu können. Alle Arbeiten, und sei es nur das Stecken von Nadeln, durfte nur mit rechter

Hand erfolgen. Als Linkshänder standen deshalb wieder mal große Probleme an.

Auch meine Tics, Zuckungen und Laute wurden störend empfunden und ich wurde ständig zum Stillsein aufgefordert.

Die Lehrmeisterin war mit mir total überfordert. Unter diesen Bedingungen war keine erfolgreiche Ausbildung möglich. Nach nur sechs Wochen wurde das Lehrverhältnis aufgelöst. Begründet wurde es mit unüberwindbaren gesundheitlichen Problemen.
Wie sollte es nun weitergehen?

Mein Vater zog alle Register seiner Beziehungen. Es wurde möglich, den Abschluss eines erneuten Lehrvertrages als Bürokauffrau zu erwirken.
Diese Lehrstelle war für einen behinderten Menschen geschaffen worden und sollte erst im nächsten Jahr besetzt werden. Nun wurde diese Lehrstelle vorgezogen und für mich eingerichtet.
Der verspätete Lehrbeginn von acht Wochen war ohne Probleme erfolgt. Die Lehrzeit wurde nicht problemlos für mich.
Meine Krankheit ist für mich nur eine Seite der Belastung, die ich rund um die Uhr tragen muss.
Die andere Seite, die meine Belastung verstärkt, sind die negativen Reaktionen meines Umfeldes.

Winter in der Seele

Ich war sehr froh, dass für mich noch eine Lehrstelle gefunden werden konnte. Allerdings konnte ich wenig Bezug zu einer Bürotätigkeit finden, da mein eigentlicher Wunsch ja darin bestand, eine Laufbahn auf musikalischer Ebene einzuschlagen.

Mit Beginn der zweiten Lehrausbildung ahnte ich nicht, welche Probleme sich entwickeln werden und mit welchen belastenden Reaktionen aus meinem Umfeld ich konfrontiert werden würde.

Vom ersten Tag meiner Ausbildungszeit spürte ich mir gegenüber eine klare Ablehnungshaltung, die von allen Mitarbeitern im Versorgungsdepot für Pharmazie- und Medizintechnik offen zur Schau getragen wurde.

Das zeigte sich gleich schon zu Beginn, dass ich als Lehrling abwertend behandelt und nicht als Mensch akzeptiert wurde.

Man definierte mich über meine Tics und wollte mich nicht als den Menschen wahrnehmen, der ich wirklich war.

Als siebzehnjähriges Mädchen war ich noch recht naiv, gutgläubig und eher visuell orientiert. Erst mit den Jahren der Reife lernte ich die inneren Werte zu sehen und die Menschen nach diesen Werten zu beurteilen oder zu bewundern. Oder sie vielleicht zu einem mir nahestehenden Freund zu gewinnen. Es waren harte Lehrjahre dieser Art.

Als Lehrling muss man in einem Großbetrieb verschiedene Abteilungen durchlaufen, um dort Wissen und Erfahrungen zu sammeln. Tatsächlich ging es in den Abteilungen Einkauf, Verkauf und der Buchhaltung sehr hektisch zu.

Viele Kollegen unterschiedlichen Charakters und Alters mussten sich ein Büroraum teilen.
Ein Auskommen mit mir, mit den Erscheinungen meiner Krankheit, war nicht möglich und das ließ man mich spüren.

Um mich umsetzen zu können, wurde mir fast monatlich ein neuer Arbeitsvertrag ausgehändigt.
Einmal bekam ich die äußerste Ecke eines Büros zugewiesen. Danach wurde mein Arbeitsplatz in einen kleinen Lagerraum mit vergittertem Fenster verlegt.
Ich fühlte mich ausgestoßen, isoliert und auf dem Abstellgleis geschoben.

Nur wenn ich private Wünsche für Chefs und Mitarbeiter in der Stadt erledigte, wurde ich mit freundlichem Lächeln belohnt.

Oft wurde ich, wenn Arbeitskräfte fehlten, zur Lagertätigkeit eingeteilt.

Was für ein makaberes Spiel!

Wenn ich heute alle Arbeitsverträge aus meiner Lehrzeit und der Zeit danach ansehe, wird mir bewusst, mit welchen scheinheiligen vielfältigen Methoden und Mitteln gegen mich vorgegangen wurde, um mich irgendwie loszuwerden.

Die Vielzahl der Arbeitsbezeichnungen und deren Bedingungen wurden nicht dazu erschaffen, mir eine qualitativ gute Ausbildung zu ermöglichen. In Wirklichkeit dienten sie den wahren Absichten der Verantwortlichen.

Sie glaubten, mich mit Hilfe ihrer ausgeklügelten Schikanen zur Selbstaufgabe treiben zu können.

Sie hofften, dass ich ihre Gegenwart, ihr Mobbing nicht mehr ertragen könnte und die Flucht wählen würde.

Auch während der Zeit meiner Ausbildung gab es immer wieder Problem in meinem Elternhaus.

Mein Vater ging regelmäßig seiner Bürotätigkeit nach. Danach galt seine ganze Aufmerksamkeit und Liebe seinen Bienenvölkern. Meine Mutter sorgte für das Wohl der Familie. Meine Schwester verstand mich genauso wenig wie ich sie. Es war ein chaotisches Gefühl im Leben zu stehen und das Nichtverstandenwerden zu erfahren.

Wie man ein Leben ohne bedingungslose Liebe, ohne Aufmerksamkeit und ohne Achtung für die eigenen seelischen Befindlichkeiten sowohl in der Familie als auch in der Lehrstelle problemlos verarbeiten kann, stand auf keinen Stundenplan. Ich konnte also nicht lernen, positiv mit diesen Mangel umzugehen. Mit erlebter innerer Haltlosigkeit und Einsamkeit waren Probleme vorprogrammiert.

Es ist ganz verständlich, dass diese Zeit bestens geeignet war, Missverständnisse im Elternhaus immer häufiger aufkommen zu lassen.

Allein schon bedingt durch die Tatsache, dass ich immer noch als das kleine nervenkranke Mädchen angesehen und behandelt wurde. Es wurde einfach erwartet, dass ich mich auch so fühlen sollte und musste. Aber ich wollte dieses kleine, dumm gehaltene Mädchen nicht mehr sein! Ich bin trotz meiner Tics gereift und wurde erwachsen. Das wollte man weder sehen noch zur Kenntnis nehmen. Im Frühjahr, kurz vor meinem achtzehnten

Geburtstag, eskalierte die Konfliktsituation im Elternhaus. Auf Bitten meiner Mutter musste ich das Elternhaus sofort verlassen!
Nun stand ich inmitten einer prekären Situation: wohnungslos, unselbständig, unsicher, mittellos und dazu noch unmündig! Mir blieb keine andere Wahl, als das Angebot eines liebgewonnenen älteren Kollegen, der mich mochte und respektierte wie ich war, anzunehmen und bei ihm einzuziehen.

Körperlich war ich nicht kräftig, deshalb musste ich willensstark werden. Nun war ich plötzlich gefordert, quasi über Nacht erwachsen zu werden, Selbstwert zeigen, Entscheidungen tätigen, für mich Verantwortung zu übernehmen.

Es bedeutete, dass ich eigene Antworten finden musste, um mein Leben gestalten zu können. Das war natürlich nicht immer leicht.
Zeiten, in der mich Selbstzweifel in ausweglose Grenzbereiche führten, in denen ich an der Härte des Lebens fast zerbrochen wäre, und dem Leben mit ohnmächtigen Gefühlen entgegensah, gab es wahrlich genug.
An all den Forderungen und Anforderungen, die das Leben mir entgegenbrachte, bin ich nicht zerbrochen. Ich bin gereift, habe gelernt, mein Leben selbst in die Hand zu nehmen.

Für alle getätigten Handlungen konnte ich mir sagen, sie aus eigener Kraft bewirkt zu haben! Und doch musste ich feststellen, dass in meiner Seele immer unerfüllte Leere und unangenehme Kälte existierte. Denn es fehlte Liebe. Einfach die Liebe, die ohne Bedingungen leben kann.

So wollte ich wahrgenommen werden, so wollte ich, dass man mir zuhören kann, mit den Herzen zuhören kann.

Ich wollte in die Arme genommen werden. Mich anlehnen können. Wollte Akzeptanz und Liebe. Diese Lebensqualität fehlte mir auch all die vielen Jahre zuvor.

Geblieben davon sind mir das Träumen und der Rückzug in eine Welt, in meine heile Welt. In eine Welt, in der Vertrauen, Liebe, Akzeptanz und Klarheit gelebt werden kann. Als Kind glaubte ich fest an die Erfüllung meiner Träume und Wünsche, sogar an Elfen und Feen, die sie erfüllen können…

Erlebnisreise zum Ich

Meinen Wunsch, Orchestermusikerin zu werden, den hatte ich mit Ablehnung des Studiums verloren. Und dennoch lebte die Musik weiter in mir, war mein Leben, bereicherte mich, war in allen Lebenslagen präsent.

Ich sang schon als Kind für mein Leben gern, nahm an so manchem Ausscheid teil und erhielt Anerkennungen. Vor dem Wunsch, einmal in einem Orchester Flötistin zu sein, war es der Wunsch Sängerin zu werden, meinen Gefühlen durch Singen Ausdruck zu verleihen. Auch auf den kleinen und großen Bühnen dieser Welt.

Ich bewarb mich an der Hochschule für Musik in Berlin um dort ein Gesangsstudium zu beginnen. Alle Anforderungen konnte ich erfüllen. In den Jugendjahren hatte ich bereits eine vierjährige private Gesangsausbildung erhalten und ließ mich am Konservatorium noch weitere zwei Jahre in klassischem Gesang ausbilden.

Nach dem Einreichen der Bewerbungsunterlagen erhielt ich kurz vor den Aufnahmeprüfungen die Benachrichtigung, dass ich die Voraussetzungen für ein Gesangsstudium wegen Unbelastbarkeit

und gesundheitlicher Probleme nun doch nicht erfüllen würde.
Mein beigefügtes Gesundheitszeugnis belegte aber eine vollkommene Belastbarkeit.

Wer machte mein Gesundheitszeugnis ungültig?

Ich habe es gelesen und dann für mich übersetzt. Ich verstand: auch wenn ich den Anforderungen eines Studiums gerecht werden kann, auch wenn ich Talent habe und meine bisherige Ausbildung im Gesang erfolgreich war, ich werde immer mit Vorurteilen konfrontiert werden, durch die man mich als minderwertigen Menschen ansehen und etikettieren kann.

Aber wie kann man seine angeborenen Talente entfalten, wenn Vorurteile anderer Menschen es verhindern?

Wieder eine Ablehnung! Wieder ein emotionaler Rückschlag!

Wie oft habe ich mich gefragt, warum es das Schicksal mit mir nicht gut meint und mich so durch die Prüfungen des Lebens jagt. Immer und immer wieder, wenn ich gerade glaubte, dass ich einen Weg für mich geebnet sah, dann wurden mir Steine in den Weg gelegt.

Warum? Bin ich so krank für diese Welt oder so unzulänglich?
Immer wieder Tränen und Selbstzweifel!

Ich musste mit der Zeit lernen und verstehen, diese Wege mit allen Stolpersteinen immer wieder zu gehen, und wenn ich dann doch einmal gefallen bin, nicht liegen zu bleiben, sondern immer wieder aufzustehen. Harte Zeiten. Harte Prüfungen.

Dann las ich in einer Zeitung eine Annonce, dass eine Musikband eine Sängerin sucht. Ich erinnere mich noch genau: es war ein Samstag und ich antwortete sofort auf diese Anzeige und brachte sie persönlich zur Post.

Ich sah die Erfüllung meiner Wünsche vor mir und wollte sie! Plötzlich wurden alle Träume, Sehnsüchte und Freude für den Lebenswunsch Musik greifbar nah. Ich wollte unbedingt singen!

Ich habe viele Vorbilder in der Musik, doch ich wollte nie in deren Fußstapfen treten. Ich wollte meine eigenen Fußspuren hinterlassen. Ich wollte Unikat bleiben.
Nicht einmal eine Woche hatte es gedauert, dann kam schon die Antwort: Ich wurde zu einem Vorsingen eingeladen.

Welche Freude erlebte ich, als ich meinem Traum näher kam, Sängerin zu werden! Die Band AMORADOS hatte sich für mich als künftige Sängerin entschieden! Glückwunsch Sabine! Alles richtig gemacht!

Die folgenden zwei Jahre hatte ich unsagbare Freude und die Möglichkeit zur Entfaltung meiner Liebe zum Gesang und zur Musik. Es war eine Zeit voller Zuversicht, Schaffenskraft, Akzeptanz und purer Lebensfreude!
Ich war angekommen, angekommen in der Musik voll Klang, Farbe und Harmonie. Meine Seele fand Klarheit, Zufriedenheit, wurde sensibler und glücklicher als je zuvor. Endlich bekam ich das was ich mir so sehnlichst wünschte!

Leider passiert es recht oft, dass Unstimmigkeiten unter Musikerkollegen eine Auflösung der Band bewirken. So war es in diesem Fall auch bei meiner Band, was mich sehr traurig stimmte.

Zum Glück fand ich schnell wieder Anschluss an eine neue Band, in der ich viele Jahre sang und Flöte spielte.
Diese Band VARIANT stand unter regelmäßigem Vertrag in benachbarten Orten.
Unser breit gefächertes musikalisches Repertoire und die gute Qualität der Darbietungen sorgte für

unsere Beliebtheit mit entsprechender Nachfrage. Dadurch waren wir für die unterschiedlichsten Veranstalter eine gute Option. Ob nun öffentliche Tanzveranstaltungen, Modeschauen, Hochzeiten oder geschlossene Betriebstanzveranstaltungen, es war immer eine bunte und abwechslungsreiche Herausforderung mit unendlichen Möglichkeiten der musikalischen Gestaltung und Interpretation.

Natürlich müssen Amateur - Musikbands immer wieder durch die Zensur. In gewissen Abständen wurden „Musikfeste" ins Leben gerufen und alle teilnehmenden Bands präsentierten eine Auswahl aus ihren musikalischen Programmen, die durch eine Jury nicht nur in der künstlerischen Qualität bewertet wurden. Auch der Finanzrahmen wurde festgelegt, in dem jede Band ihre Leistungen und Kosten aufschlüsseln und den jeweiligen Veranstaltern in Rechnung gestellt werden kann.

Meiner Band VARIANT wurde auf Grund der hohen Qualität immer die Oberstufe zuerkannt. Zuletzt wurde VARIANT mit der Sonderstufe geehrt. Sie war die höchste zu vergebene Stufe im Amateurbereich Tanz- und Unterhaltungsmusik. Wir hatten sie uns erarbeitet, waren wirklich gut.

Wenn man etwas wirklich liebt und es auch will, das geht es in Erfüllung! Ich habe immer darum gekämpft, meinen Traum von der Musik zu erfüllen. Und ich habe es erreicht! Ich wollte Musik studieren, Orchestermusikerin und Sängerin werden, ich wurde abgelehnt. Ich habe weiter gekämpft auf privater Ebene um mein Ziel zu erreichen. Ich habe mir immer wieder gesagt, dass ich mir treu bleiben muss und meinen Weg zum Ziel radikal zu Ende gehen muss! Manchmal bin ich eine Kämpferin, ehrgeizig und standhaft.

Und manchmal bin ich wiederum auch eine Träumerin. Dann sitze ich irgendwo und erträume mir meine Welt, in der ich gerne leben will, was ich erreichen möchte. Das ist manchmal ein Kampf zwischen wollen und nicht wissen wie man es umsetzt.
Mich haben aber immer der Ehrgeiz und die eiserne Disziplin, das zu beabsichtigende Ziel vor Augen, dahin gebracht, was ich als Ziel erreichen wollte. Manchmal staune ich dann über mich selbst, welche Kraft in mir steckt und welche Kraft ich aufbringen kann.
Als Jugendliche begann ich bereits Kinder zu unterrichten. Anfangs war es Blockflöte, später Klavier und Keyboard.
Ich war gern bereit, mein Wissen an jüngere Menschen weiterzugeben, damit auch sie den Zugang zur Musik finden und die damit verbundene Freude erfahren. Später habe ich auch

erwachsene Menschen und ein blindes Mädchen unterrichtet.

Irgendwann probierte ich Neues aus, versuchte mich mit Musikern auf dem klassischen Gebiet oder mit meiner neuen Gruppe ARS NOVA. Wir spielten konzertante Musik. Das war eine ganz neue Erfahrung und auch eine Bereicherung.

Für meine letzte Band GUNNAR & CO. erlernte ich die Instrumente Klarinette und Saxophon. Die Gestaltungsmöglichkeiten wurden variabler und die musikalischen Programme wurden mit neuen Klangfarben bunter.

Nach einem Umzug in eine ländliche Gegend, der durch eine beabsichtigte Heirat notwendig wurde, hatte ich nicht mehr die Möglichkeit eine Band zu finden, mit der ich diese wunderbaren Erlebnisse und Erfahrungen im Musizieren umsetzen konnte.

Freunde

Was sind Freunde?
Wen betrachtet man als Freund?

Die Tatsache, dass in der schnelllebigen Zeit auch schnell mit den persönlichen Titelverleihungen „Freund" umgegangen wird, ist das individuelle Unterscheidungsvermögen in der Wahrnehmung zwischen „guter Kumpel" im alltäglichen Bereich und " guter Freund", der auch in schweren Zeiten nicht das Handtuch werfen wird, offensichtlich erheblich eingetrübt.

Im Allgemeinen stehen hinter den Worten Freund eine persönliche Beziehungsweise. Im Speziellen stehen sich unterschiedliche Lebenserfahrungen gegenüber.

Die individuelle geistige Qualität des Freundes ist von der Offenheit seines Herzens abhängig.
Ein angstfreier Mensch kann durch sein offenes Herz den Reichtum des Lebens sehen.
Nur ein von Ängsten besetztes Wesen wird das Leben im Allgemeinen nicht zu würdigen wissen und besonders den individuellen Lebendausdruck von anderen Menschen nicht achten können.

Ein Freund ist aus meiner persönlichen Sicht ein lebensbejahender Mensch. Er kann wahrnehmen, dass ich in eigenen Entwicklungsphasen lebe und lerne, meine eigenen Kräfte so einzusetzen, dass sie für mich eine sinnvolle Welt erschaffen, in der ich mich wohlfühlen kann.

Ein Freund ist, der mit seinem Herz zuhören kann, dem ich meine positiven Erlebnisse, aber auch von meinen Sorgen erzählen kann.

Ein Freund wird gern uneigennützig helfen, sei es durch Ratschläge oder eine andere Art der Hilfe. Er erweist sich mir gegenüber loyal und versteht über Anvertrautes zu schweigen. Bedenkenlos kann ich ihn als Vertrauensperson betrachten.

Ein Freund sollte mir gut tun. Gern darf ich mich bei ihm anlehnen, mit ihm lachen, träumen, über meine Zukunftspläne erzählen können, ohne dass Missstimmungen aufkommen.

Hilfe von einem Freund zu erhalten bedeutet aber keinesfalls: "ich stehe in deiner Schuld" oder " ich hab´ was gutzumachen". Ein wahrer Freund hilft, ohne Gegenleistung zu erwarten! Er kennt und lebt die geistigen Gesetze der Natur. Seine Hilfe erfolgt unvoreingenommen aus Nächstenliebe!

Genauso würde ich mich ins Leben einbringen. Es gehört zum Selbstverständnis meines Weltbildes, wenn ich um Rat und Hilfe gebeten werde.
Ich bin überglücklich, Freunde zu haben.
Das ist Reichtum!

Wenn ich spüre, ich fühle mich nicht wohl, werde bedrängt, im Denken und Handeln eingeengt, spüre, ein Mensch tut mir nicht gut, macht mir vielleicht Angst, dann entferne ich mich von ihm. Dieses Loslösen schafft wieder Wohlfühlen. Ich liebe und achte meinen Körper und meine Seele.
Dass die Grundlage allen Lebens die unversehrte Macht zu handeln ist, habe ich neu lernen müssen.

Wenn man Freude im Herzen tragen kann, macht es selbst große Freude, diese zu verschenken. Es ist unwichtig, ob man sie durch ein Hilfsangebot, ein Zuhören können oder sie durch eine noch so kleine Aufmerksamkeit oder zu einem speziellen Anlass, verschenkt.

Es sind die kleinen Dinge im Leben die erfreuen, die glücklich machen. Freunde erfreuen einander, spontan, egal wie, egal womit. Manchmal schenkt eine Blume mehr Freude als ein ganzer Strauß, ein herzliches Lachen mehr als viele Gespräche, eine Umarmung mehr als gefühlte Geborgenheit.
Wann hast du das letzte Mal Freude verschenkt?

Wann hast du Hilfe erhalten als du sie dringend brauchtest?

Wenn du einen Menschen benötigst, dem du dich mitteilen möchtest, der dir vielleicht behilflich sein könnte, weißt du, wo du ihn findest?

Diese Freunde sind etwas sehr Wertvolles! Dieser Wert ist nicht in Geld ausdrückbar.

Es begegnete mir eines Tages die Witwe aus tieferer Etage im Hausflur. Sie ist recht alt und langsam, hört schwer und ist sehr einsam. Ihr Fernseher und Radio laufen synchron den ganzen Tag. Sie sagt, sie brauche das, weil es ihr das Gefühl gibt, nicht allein in der viel zu großen Wohnung zu sein. Sie sagt das mit so viel Traurigkeit, dass ich mir Zeit nehme für ein kurzes Gespräch. Manchmal können Minuten des Innehaltens Großes bewirken.

"Die Freude, die man verschenkt, kommt ins eigene Herz zurück", hat einmal ein großer Gelehrter gesagt.

Ich glaube er muss ein guter Praktiker gewesen sein, denn Liebe, Güte, Achtung, Hilfe kann nur Derjenige weitergeben und davon reden, der auch selbst diesen inneren Reichtum leben kann.

Mir tut es oft im Herzen weh, wenn mir verbitterte Menschen begegnen.

Menschen, die sich zurückgezogen haben, einsam und alleingelassen fühlen, isoliert leben.

Dann frage ich mich oft, warum sie so geworden sind, warum sie keine Freunde haben, frage mich manchmal, warum sie sich nicht früher darum bemüht haben.

Freunde werden nicht im Katalog angeboten, noch suchen sie uns. Freunde werden Freunde, weil jahrelang gepflegte Freundschaft voraus ging, oftmals entstanden durch eine Situation, in der wir selbst uns nicht verschlossen haben.

Freude verschenken kann jeder. Wenn wir beginnen Menschen zu achten wie sie sind, sie nicht nach Alter, Reichtum, Aussehen einordnen oder beurteilen, sondern ihnen mit Freundlichkeit, Rücksichtnahme und Freude begegnen, kann daraus eine wunderbare Freundschaft entstehen.

Mir sind Menschen begegnet, die haben mich wegen meiner Tics belächelt oder ausgelacht. Von solchen Menschen wende ich mich diskret ab. Solche Menschen wissen nicht, dass ein Behinderter auch sehr viel geben kann.
Es gibt aber auch solche Menschen, denen mein Handicap eine derartige Belastung darstellt, dass sie eine freundschaftliche Beziehung mit mir nicht

eingehen können. Ihnen kann ich nur verzeihen, denn nicht jeder kann diese Belastung ertragen.
Ich bin ein frohes Wesen mit ganz viel Liebe im Herzen, die ich gerne liebend weitergebe.

Es sind mir aber auch solche Menschen begegnet, die sich gerade durch meine offene und liebenswerte Art von dieser erdrückt fühlten, weil sie nie Großherzigkeit und Herzenswärme in ihrem Leben erlebt haben und aus diesem Grund eine freundschaftliche Beziehung zu mir ablehnen. So etwas tut mir im Herzen sehr leid und auch sehr weh.

Und dann gibt es Menschen, die nehmen mich an so wie ich bin, mein sonniges Gemüt und meine fröhliche, hilfsbereite Art, sie stört weder meine Krankheit noch schämen sie sich meinetwegen. Sie halten zu mir, teilen mit mir Freude, sind einfach immer da.

Das sind meine wahren Freunde, auf die ich mich in jeder Lebenssituation verlassen kann, aber auch genauso umgekehrt, sie sich auf mich. Ich freue mich und bin glücklich, dass ich Freunde habe!

Wir sind uns irgendwann einmal auf halbem Weg begegnet und gehen nun oftmals gemeinsame Wege.

Es ist etwas Wunderbares, sagen zu können: du bist mir ein echter Freund! Schön, dass es sie für mich gibt! Schön, wenn auch du, lieber Leser, Freunde findest! Schön für dich, wenn du liebe Freunde an deiner Seite hast.

Sesshaft im Herzen geworden

Im Allgemeinen nehmen mich Männer aus der Perspektive ihres manipulierenden Egos wahr. Bedingt durch meine Krankheit glaubte man(n), mich benutzen und ausnutzen zu können.

Wahrnehmungen, die aus einem angstfreien Herzen kommen, das spielerisch mit seinem schöpferischen Potenzial umgehen kann, ist dieser Spezies völlig unbekannt. Sie glauben, mit ihrem Verstand, der nicht dafür ausgerüstet ist Gefühle wahrzunehmen, über die Welt herrschen zu können.
Sie wissen nicht, dass der Verstand in Wirklichkeit ein Diener des Herzens ist und ohne Verbindung zum Herzen das Leben nicht achten kann.

Das Herz ist der wahre Meister des Lebens.
Es kann über alle linearen Zeitlinien hinaus mit multidimensionalen Ereignissen umgehen und urteilsfrei liebevoll dort energetischen Ausgleich bewirken, wo es gebraucht wird.

Nur wer mit innerem Frieden in seinem Herzen leben kann, weiß, wovon hier gesprochen wird.

Als ich bemerkte, dass meine Gefühle und die Qualität meiner Wahrnehmung es ermöglichte in feinstofflichere Ebenen hineinzureichen, konnte ich neue Wege zu meinen inneren Welten finden.

Gedankenkonstruktionen und Interpretationen der männlichen Welt wurden für mich uninteressant.
Ich bestreite ausdrücklich nicht, dass es auch männliche Wesen unter der Menschheit gibt, die ihren Intuitionen und ihren Gefühlen vertrauen und mit bewusster Aufmerksamkeit wahrnehmen.

Ich entdeckte neue Wege zu meiner Gefühlswelt. Ein emotionaler Wandel öffnete mir den Zugang zur gelebten und geliebten Weiblichkeit.
Meine sinnliche Aufmerksamkeit galt fortan dem weiblichen Aspekt der Schöpfung.

Durch ein Inserat wurde ich aufmerksam auf eine Frau, die fortan mehrere Jahre meines Lebens mir Wärme, Liebe, Achtung und gelebte Zweisamkeit schenkte. Diese Zeit war geprägt und erfüllt mit gegenseitiger Achtung, Akzeptanz und Verstehen.

Mitbürger, die die Wahl meiner Lebensweise mit unvoreingenommener Wertschätzung begegnen konnten, gab es in meinem befreundeten Umfeld nur wenige.

In den herrschenden Wertevorstellungen und den ethischen Normen der achtziger Jahre war diese Lebensweise auch auf offiziellen Ebenen nicht vorgesehen.

Besonders durch geistige Bilder des christlichen Glaubens werden solche Lebensweisen nicht mit Toleranz und Akzeptanz begegnet.

Doch ließen wir uns nicht von Moralisten beirren. Durch diesen wunderbaren Menschen lernte ich neue Sichtweisen in Kunst und Literatur kennen. Unsere Musikalität und unser Musikverständnis war eine Basis gemeinsamer Interessenpflege.

Gemeinsam besuchten wir Konzerte klassischer und moderner Art, erweiterten unseren Horizont in der Malerei, lernten auf vielen Events in der künstlerischen Szene begabte und interessante Menschen kennen. Wir wurden Mitglieder in der Shakespeare-Gesellschaft. Durch SIE wurde ich zu einem neuen ICH.

So wie es in vielen Ehen durch Unstimmigkeiten oder unüberwindbarer Probleme zu Trennungen kommt, so zerbrach eines Tages auch meine, ewig zu halten geglaubte Beziehung, plötzlich entzwei.

Für mich brach eine Welt zusammen! Ich wollte nicht wahrhaben, dass ein Trennungsgrund meine Krankheit war, deren Belastung meine Partnerin und Freundin nicht mehr gewachsen war, sie täglich auszuhalten.

Nur elf Tage vor unserer Trennung, im Mai 1988, fand ich meinen damaligen Kollegen und Freund, der mich mit achtzehn Jahre zu sich aufnahm, tot durch Suizid in seiner Wohnung.
In einem hinterlassenen Abschiedsbrief gab er als Grund seiner Entscheidung, mich an.

Wie verkraftet und verarbeitet eine junge Seele einen für sie unvorhersehbaren Verlust zweier Menschen innerhalb weniger Tage?
Wer tröstet, trocknet die Tränen, fängt auf und spendet Kraft?
Zerbrechlichkeit des Herzens, betrunken im Tränenmeer der Untröstlichkeit, dem seelischen Absturz geweiht…

Freier Fall

Nach dem Verlust zweier, von Herzen geliebter Menschen, gab es für mich emotional den Absturz im freien Fall.
Ich war untröstlich, hatte tiefe Risse in der Seele!

Ich hatte das Wichtigste verloren: zwei mir sehr nahe stehende Menschen, denen mein ganzes Vertrauen galt, dazu zwei Ablehnungen meiner Bewerbungen für ein Hochschulstudium, dafür eine Arbeit zugeteilt bekommen, in der ich keine Freude hatte, und in der ich die Ablehnung und Verachtung von Kollegen täglich spürte und ertragen musste, nur weil ich anders tickte als sie.

In diesem Schleudertrauma suchte ich mehr und mehr Trost und Ablenkungen auf Tanzvergnügen mit meiner Band, in reichlich Alkohol und neuen Partnerbeziehungen, psychologischer Beratung.

Alles endete irgendwann in einer Einbahnstraße Richtung Sackgasse. Die Fahrt wurde immer schneller und ich verlor den Boden unter den Füßen. Es lief alles nur noch mechanisch und völlig außer Kontrolle jenseits von Zeit und Raum ab. Ein Leben auf der Doppelspur.

Zur damaligen Zeit konnte ich nicht verstehen, woraus Verdrängungsmechanismen ihre Energie beziehen. Wenn der Schmerz unerträglich wird, und eine Lösung ist nicht erkennbar, flüchtet man in eine Pseudorealität, die ein Überleben möglich macht. Man akzeptiert und glaubt dann nur das, was in die Pseudorealität hineinpasst.

Meine Gesundheit spiegelte immer mehr meine Lebensweise wider, durchzechte Partynächte, Alkohol, Schlafdefizit, tagsüber Berufstätigkeit, Appetitlosigkeit, Gewichtsverlust, ein Cocktail, der seine Wirkungen und Spuren hinterließ. Unter diesem Dilemma litt mein nervlicher Zustand enorm. Ich zuckte und gab mehr Laute von mir, als es mir lieb war.
Es war einfach nur Scheiße.

Ich wollte raus aus diesem Leben, weit weg. Egal wohin man geht, egal wie weit der Weg wird. Die Sorgen und Nöte reisen immer mit. Sie sind genau dort, wo du dich gerade aufhältst. Es bleib mir also nicht erspart, diese Erfahrung zur Erkenntnis werden zu lassen.
In dieser Zeit gab es nur eine wirkliche Freundin, die mir Halt und Trost gab. (Heute ist sie Mutter meines Patenkindes). Sie hörte mir zu, half, wenn ich die Kraft für Erledigungen häuslicher Belange nicht fand.

Ärzte konnten mir nicht helfen. Ihre Hilfe würde nur mit mir bekannten medikamentösen Gaben erfolgen statt seelischem Beistand.

Erst als ich nach totalem Zusammenbruch auf die Notaufnahme kam, sagte mir ein innerer Impuls: wenn ich mein Leben nicht ändere, dann verändert das Leben mich!
Ich hatte keine selbstbestimmte Lebensform mehr und musste mein Leben neu orientieren. Nur wie? Meine Seele litt, ich quälte mich und mein Herz blutete. Man sagt, ohne Schmerzen gibt es keine Heilung. Aber gilt das auch für die Seele?

Langsam habe ich irgendwann an Stärke gewonnen. Vielleicht gerade deshalb, weil ich durch viele Katastrophen gegangen bin. Irgendwann habe ich sie irgendwie überstanden.

Stille

Kennst du Stille? Weißt du wie sie sich anfühlt?
Kannst du Stille definieren, sie ertragen?
Es gab eine Zeit tiefer Traurigkeit in meinem
Leben. Ich wurde allein gelassen und fühlte mich
sehr einsam. Irgendwann fand ich mich inmitten
innerer Leere wieder.
Aber sie widerspiegelte nicht nur Ohnmacht und
Einsamkeit meiner Unzulänglichkeit, es war eine
diffuse Reflexion gefühlter Hilflosigkeit in einer
hektischen und lauten Welt.

In dieser Welt konnte ich kein Wohlfühlen mehr
finden.
Ich wollte der Banalität des Alltags entfliehen.
Vielleicht zeigte sich gerade in dieser scheinbar
ausweglosen Situation ein Weg aus dem ewigen
Strudel meines gehetzten Lebens.

Irgendwann bekam ich Angst und innere Unruhe
machte sich in mir breit. Ich fühlte mich getrie-
ben, fand keinen Ruhepol mehr in mir. Ich wusste
nicht was es war und warum alles so war, ich
fühlte aber sehr bewusst, es muss sich was ändern.
Ich muss was ändern.

Meine Wege führten mich in die unendliche Weite der Natur, da konnte ich Tränen, Trauer und Verzweiflung freien Raum geben. Niemand war anwesend, der mich daran hindern würde, meine lauten Emotionen auszudrücken.
Trauer und Schmerz hatten Substanz. Die Stille in der Natur fing mich mit all meiner Verzweiflung auf. Sie nahm mich ohne Widerspruch an.

In der Zeit meiner persönlichen Trauer habe ich die wertvollsten Erfahrungen für mein weiteres Leben machen können. Vielleicht brauchen wir gerade diese Momente im Leben, um aus unseren Alltag herausgerissen zu werden.
Mit neuen Sichtweisen kann man dann seine ganze Aufmerksamkeit auf die Dinge richten, die man in seinem Leben verwirklichen möchte.

Das Wort Gelassenheit klang für mich immer sehr befremdend, fern vom wahren Leben geparkt.

Wenn wir die Stille nicht mehr ertragen können, haben wir aufgehört zu hören. In der Stille liegt ein tiefer Frieden. Ich selbst kann erst meinen inneren Frieden finden, wenn ich meinen inneren Raum des Herzens, den inneren Raum des Geistes und den inneren Raum meiner Ordnung gefunden habe.

In der Stille lernt man den plappernden Verstand zur Ruhe zu geleiten.
Wir lernen der Seele Frieden zu schenken und zu erkennen, dass Körper und Geist in Wirklichkeit Diener der Seele sind.
Der Körper ist für das Gefühl zuständig und der Geist für die Schöpfungen der eigenen Welt.
Jedes Kind wendet das intuitiv an. Leider hat es aber dafür keine Worte, um es Erwachsenen, die es vergessen haben, mitteilen zu können.

Es begann für mich eine lange und schwierige Zeit. Ein Lernprozess mit vielen Hindernissen und Rückschlägen. Das Leben geht nicht immer geradlinig oder erfüllt sofort alle Wünsche. Es ist wie das Anzünden eines Feuers. Wir wünschen uns Licht und Wärme, vergessen aber die Zeit, die es benötigt, den inneren „Müll" zu verbrennen und dadurch seine Kraft zu entfalten.

Mit der Wahrnehmung durch die Stille habe ich viele neue Erfahrungen sammeln können. Sie befähigte mich, die Vielfalt der Natur mit klarem Geist zu entdecken.

Beobachtungen von Tieren gaben mir Achtung und Verständnis für die Lebensweise der Natur.
Das Betrachten von Wanderameisen durch Gräser über steinige Hindernisse, die Mimik und Sprache

der Lebewesen in luftiger Höhe, das feine Rieseln von Regentropfen auf klarem Asphalt.
Mit Erstaunen stellte ich fest, das ich in meinem Herzen wusste, genauso ist es richtig, das Leben lebt sich durch sich selbst.
All das wäre mir mit ständigem Blick auf die Uhr verborgen geblieben.

Heute kann ich das Leben mit viel ruhigerem und klarem Blick sehen. Ich habe die Schönheit der Natur kennengelernt und ganz neue Freude am Leben gefunden, ich habe die Zeit der Stille für mich entdeckt und neue Erfahrungen gesammelt. Meinem Leben habe ich Prioritäten gesetzt und betrachte das Leben nun aus anderer Sichtweise und genieße es fortan bewusster.

Manchmal zeigt uns das Leben neue Regeln und lehrt neue Wege zu gehen. Wir sollten diese Veränderung zulassen, denn sie beinhaltet eine neue Sicht- und Lebensweise, die wir vielleicht heute noch nicht verstehen können. Manchmal ist Leben ganz anders.
In der Stille finden wir Kraft. In der Stille liegt die Kraft!
Aus der Stille des Seins entsteht die Achtung für sich selbst als einzigartiges und individuelles Wesen.

Unmöglich ist nur ein Wort

Wenn du NEIN sagst, hast du schon verloren! Das war die Maxime meines Lebens. Ich habe mich immer danach ausgerichtet. Man muss einfach alle Möglichkeiten nutzen ohne selbst benutzt zu werden. Ein "geht nicht - gibt's nicht".

Die Schikane auf der Arbeit im Versorgungsdepot wurde immer unerträglicher. Mittlerweile wurde die Bürotätigkeit soweit gekürzt, dass sich mein Arbeitsbereich auf den gesamten Lagerbereich konzentrierte.
Meine körperliche Konstitution war nicht auf schwere Arbeit ausgerichtet. So machten sich bald Beschwerden im Stützapparat bemerkbar. Ganz abgesehen von vorher nicht angekündigter verlängerter Arbeitszeit, wurde für mich das Arbeitsklima mit jedem neuen Tag unerträglicher.

Wenn der Pförtner wieder besoffen war oder erst gar nicht zu seinem Job erschien, wurde ich zum Pförtnerdienst der Spätschicht eingeteilt. Diese zusätzliche Arbeitszeit hatte aber auch etwas Positives. Ich konnte sie zum Auswendiglernen der Texte nutzen, die ich zu den Auftritten mit der Band souverän beherrschen musste.

Die zusätzliche Arbeitszeit wurde zu Überstunden mit fünfzig Prozent Aufschlag angerechnet. Sie wurden aber nicht entlohnt. Man musste die Zeit abbummeln.

Im kollektiven Verhaltenskodex der Belegschaft herrschten spürbare, auf Distanz programmierte Ablehnungsmuster vor, die mir gegenüber täglich zur Schau getragen wurden.
Auf kollegialer Ebene war das Unerwünschtsein viel gravierender zu fühlen. Tatsächlich wurde es von vornherein unmöglich, eine Zusammenarbeit auf konstruktiver und Erfolg orientierter Basis zu beginnen.

Da der Kunst meine besondere Aufmerksamkeit galt, bot sich die Möglichkeit, mein Tätigkeitsfeld zu wechseln.
Mit leichter Hand löste ich mein Arbeitsvertrag beim Versorgungsdepot auf, um in der Kultur einen neuen Wirkungskreis aufbauen zu können.

Umfangreiche Aufgaben vertraute man mir, nun als neue kulturpolitische Mitarbeiterin der Stadt, im Veranstaltungszentrum an.
Neben der Kinder-und Jugendarbeit mussten auch zwischenzeitlich die Beschäftigten des Theaters versorgt werden.

So hatte ich auch Verantwortung für den Kantinenbereich übernommen.

Damit wurde mir ein neues Wahrnehmungsfeld in der Öffentlichkeitsarbeit und in der Gastronomie eröffnet. Diese Wirkungskreise förderten meine persönlichen Kontakte zu vielen Künstlern der unterschiedlichsten Genres.

In unzähligen individuellen Gesprächen, in denen ich mit einem neuen freien geistigen Niveau kommunizierte, prägten meine Geisteshaltung und förderten meine Reife.

Gleichzeitig konnte ich eine Akzeptanz erfahren, die ich bisher in der Arbeitswelt vermisste.

Eine für mich bisher unbekannte offene Art der Repräsentation ihrer Lebensweise beeinflusste mein Weltbild sehr positiv und bestätigte meine offenherzige und fröhliche Mentalität.

Eine Delegierung zu einem einjährigen Studium an der Bezirkskulturakademie in Cottbus erhielt ich 1988. Mit großem Eifer widmete ich mich den neuen interessanten Herausforderungen. Mit dem Studentenausweis hatte ich nun die Möglichkeit, im Studentenclub freien Eintritt zu bekommen. Dort erlebte ich schöne Abende in angeregter und interessanter Atmosphäre bei Tanz und Konzerte. Bei Barmusik live und Rotwein waren Gespräche mit anderen Studenten sehr informationsreich.

Dort lernte ich auch einen Architekturstudenten kennen, der einige Jahre ein guter Freund wurde. Unser freundschaftliches Verhältnis hielt nur eine begrenzte Zeit, denn meine Krankheit stellte ihn vor unüberbrückbare Probleme.

Während der Studienzeit meldete ich mich bei der Fahrschule an. Leider waren die Fahrlehrer nicht kooperativ mit mir und meinem Handicap. Sie glaubten nicht, dass ich Prüfungen für den Erwerb eines Führerscheins erfolgreich bestehen würde.

Die Theorieprüfung schaffte ich mit Bestleistung. Man glaubte, dass wegen meiner Tics und den unkontrollierten Zuckungen eine konzentrierte Fahrweise nicht möglich sein wird. Das ließ man mich immer wieder spüren.

Immer wieder behauptete mein Fahrlehrer, eine praktische Prüfung nicht bestanden zu haben, obwohl ich mich nach jeder Fahrstunde wohl fühlte, und sicher war, gut gefahren zu sein.

Erst als von einem unabhängiger Fahrlehrer die Abschlussprüfung abgenommen wurde, stellte ich fest, dass ich nicht die einzige Fahrschülerin war, die mit sehr vielen Fahrstunden abgezockt wurde. Finanziell erschien mir damals die Summe nicht zu hoch, da gerade Währungsunion war und der

Betrag durch die Einführung der D-Mark sich halbierte.
Ich gab nicht auf. Ich kämpfte mich durch. Und ich schaffte es!

Nun, da ich den Führerschein glücklich erworben hatte, stellte sich auch der Wunsch ein, ein Auto zu fahren. Aber ich brauchte auch unbedingt für meine künstlerische Arbeit und zum Unterrichten ein Klavier. Beides konnte ich mir mit meinen geringen Einkommen finanziell nicht leisten. Ich musste mich entscheiden. Der Verstand votierte klar für den künstlerischen Aspekt.

Natürlich sprach sich auf Arbeit schnell herum, dass ich die Führerscheinprüfung bestanden habe und gerne auch ein Auto besitzen würde. Wie ein kleines Wunder ergab sich die Möglichkeit, von einer Kollegin ihren Trabant 601 de luxe Kombi käuflich zu erwerben. Es war ein sehr gepflegter Garagenwagen. Der Kaufpreis war sehr moderat. So konnte ich mir erfreulicherweise zum Klavier auch ein Auto leisten.

Irgendwann wurde im Jugendblasorchester eine Musiklehrerin gesucht, die auch organisatorische Dinge übernehmen kann, dazu die Bürotätigkeit bewältigen kann, die Räumlichkeiten putzt und heizt, sich um die Orchesterbekleidung kümmert und den Nachwuchs in Theorie und Blockflöte unterrichtet. Also eine Frontfrau im Orchester. Ich wusste sofort, ich bin es und ich kann es.

Diese Tätigkeiten in ihrer Gesamtheit gefielen mir und waren Herausforderung zugleich. In diesem Haus wurde ich von den unterrichtenden Kollegen voll akzeptiert.
Da alle Räume mit Klavieren ausgestattet waren freute ich mich auf die Möglichkeit zum täglichen Üben und Komponieren.
Und ich durfte die vorhandenen Instrumente, in meinem Fall Saxophone, zum Üben benutzen. Ich erlernte neu Tenorsaxophon zu spielen. Ein eigenes Instrument wäre käuflich unerschwinglich für mich gewesen.

In diesen Jahren habe ich viele Kompositionen geschrieben, die in Studioqualität aufgenommen wurden. Es war eine kreative, wertvolle und schöne Zeit.

Stiller Schrei einer Seele

Ich war mit mir wieder im Reinen, hatte eine zufriedenstellende Tätigkeit im Kulturbereich und konnte mein Wissen vermitteln. Alle Wellen der jahrelangen Unzufriedenheit, Peinigungen und Demütigungen schienen der Vergangenheit anzugehören. Ich war glücklich!

Wie hatte ich mich doch geirrt! Dass Machtspiele mit unaussprechlichen Verletzungen über mich hereinbrechen, waren in meiner Lebensgestaltung nicht vorgesehen.

Ich will und wollte niemals darüber reden oder darüber schreiben. Und doch tue ich es heute, weil ich glaube, dass die Zeit dafür reif ist.

In der ganzen Welt erheben Frauen ihre Stimme, um darüber nicht mehr zu schweigen. In aller Öffentlichkeit müssen diese Gewaltspiele beim Namen genannt werden. Es ist nicht leicht, denn in den Erinnerungen erlebt man diesen Wahnsinn noch einmal. Es raubt die Lebenskraft und die Angst erhebt sich erneut zum Herrscher. Genau davon leben die Täter und dadurch ernähren sie sich und glauben sicher vor Entdeckung zu sein.

So alimentiert jedes Opfer seine Peiniger. Ich rede nur dieses eine mal darüber, dann nie wieder!

Mein Chef zerstörte mir meine Seele. Er hat mich mehrfach vergewaltigt. Es war vorsätzlich. Es war mit Absicht.
Er ergötzte sich daran mich zu erniedrigen, mich zu demütigen. Er verschloss nach Arbeitsbeginn die Räumlichkeiten und ich bekam als Sekretärin mein "Diktat". Immer und immer wieder!
Die Praktiken waren mir bis dahin unbekannt und so abartig, dass jeder Arbeitstag mir grotesk und abnorm erschien.
Er nahm sich die Freiheit, Frechheit heraus. Ich konnte mich weder wehren, noch etwas dagegen tun. Ich war ihm total ausgeliefert.
Mit Widerwillen, Ekel und Aufruhr zur Arbeit zu gehen war ein täglicher Horrortrip.
Nur ein Wunder hätte mich aus dieser prekären Lage retten können.

Als irgendwann die hochschwangere Ehefrau im Raum stand, erbrach ich gnadenlos vor Entsetzen und Erkenntnis. Ich sah seine Wirklichkeit.

Eine innere Hässlichkeit, die mit egomanischer Arroganz ein besitzergreifendes Machtgebaren offenbart und mit Verachtung auf den individuellen Lebensausdruck anderer Menschen schaut.

Seine Machtspiele hatten keine Macht mehr über mich.

Wie aber distanziert und schützt man sich? Ich spielte glaubhaft eine Schwangerschaft vor, deren Unterbrechung für mich, aufgrund meines Glaubens, nicht zur Diskusion steht. Jede Androhung einer Zwangsabtreibung würde ein Suizid für mich bedeuten.

Schlagartig wurde ich von ihm in Ruhe gelassen.

Kurze Zeit später konnte ich mein Tätigkeitsfeld wechseln. In der umfangreichen Musikabteilung der Stadtbibliothek erhielt ich eine neue Tätigkeit.

Zu spät für meine Seele - sie hatte bereits tiefe Narben bekommen.

Man vergisst nicht - man lebt nur weiter...

Gestrandet auf einer Insel

Im Sommer 1992 hatte meine Freundin, die heute Mutter meines Patenkindes ist, in der Urlaubszeit eines befreundeten Ehepaares Haus und Tiere zu versorgen.

Das Anwesen befand sich an der Ostsee in der Nähe der Stadt Wismar. Meine Freundin wollte nicht alleine fahren und wusste um meine seelischen Nöte. Darum bot sie mir an, sie im Sommer auf ihrer Reise zu begleiten. Mir kam dieser Urlaub in meiner hektischen Zeit sehr recht und ich nahm das Angebot gerne an.

Während den täglichen Spaziergängen mit dem Hund kamen wir in ein Dorf, deren Ruhe und Freundlichkeit mir sehr gefiel. Was ich zum damaligen Zeitpunkt nicht ahnte, dass ich in diesem kleinen Ort für mehrere Jahre sesshaft werden würde.

Ich lernte einen netten jungen Mann kennen, mit dem ich noch im gleichen Jahr die Ehe einging und zu ihm zog. Bald stellte sich sein wahrer Charakter heraus.

Er repräsentierte einen „Heiligenschein", den er mit Lehren einer Sekte, in der er Mitglied war, zur Geltung brachte. Andererseits war er besessen von verdrängten und angestauten Gefühlen, die sich mit explosiver Gewalt entluden. Da er seine Scheinheiligkeit, seine innere Spaltungen nicht zur Kenntnis nehmen wollte, ernährte sich das Verdrängte von der Angst, die in Anderen erzeugt wurden.

Leider konnte ich im Voraus nicht wissen, dass er ein brutaler Schläger gegen Mensch und Tier war und gleichzeitig im Wahn lebte, ein großer Heiler zu sein. Er benutzte die Heilsphilosophie der Sekte als Nahrungsquelle, um seine eigenen Probleme verdrängen zu können.

Immer öfter musste ich auf unseren Hof das Töten der neugeborenen Katzenbabys erleben. Es war unerträglich, mit welcher Brutalität er die Hunde schlug oder drillte.
Weil ich aus Angst keine Anzeige wegen Tierquälerei bei der Polizei machte, konnte das Tierheim nicht einschreiten, nur meine Darlegung aufnehmen. Auch die Nachbarn hatten Angst und brachten diese Tierquälerei nicht zur Anzeige.

Plötzliches Ausrasten mit körperlicher Gewalt gegen mich erlebte ich immer häufiger. Meine Nerven litten unsagbar, die Tics wurden heftiger und wechselten ständig. Hinzu kam der Ausbruch von Neurodermitis und Psoriasis.

Mein Konto wurde geplündert. Die Verbindungen zu meinen Eltern und meinen Freunden wurden mir teilweise verweigert.

Das Naturell dieses Mannes bestand schon immer aus Angstverbreiten, Machtergreifung um zum Besitzhaber zu werden. Das globale Geschäft mit der Angst wurde auch zu seinem Geschäft.

So anmutend schön diese ruhige naturbelassene Gegend auch war, sie konnten das Unerträgliche in den Ehejahren nicht lindern.

Jeder Widerspruch meinerseits, eigene Wünsche oder Vorstellungen wurden mit brutaler Gewalt gegen mich erwidert.

Körperverletzungen und Krankenhausaufenthalte wurden zur Normalität. Manchmal an der Grenze zwischen Leben und Tod. Körperliche und seelische Narben waren sichtbar und irgendwann nicht mehr zählbar. Selbstverletzungen standen für mich im Vordergrund (nach indianischer Regel), um mit ihnen die seelischen Schmerzen weniger zu spüren. Alkoholexzesse ließen mich diese Zeit erträglicher erscheinen.

Mein damaliger Mann glaubte, dass die Sekte der Glaubensgemeinschaft Bruno Grönings mich von meinem Nervenleiden heilen kann.

Es wurde geglaubt, dass Spontanheilungen in den vielen Sitzungen durch Bruno geschehen würden.
Aber das geschah in all den Sitzungen nicht.
Ich durfte dann umso mehr leiden, denn offenbar mochte Bruno mich nicht und die Situation wurde immer unerträglicher.

Ein lieber Freund, der die Liebe zur Musik lebt und hochgeistige Gespräche mit mir führte, war einziger Halt in all den Jahren.
Trotz meines Umzuges brach der Kontakt niemals ab. Wir blieben immer in schriftlichem Kontakt und in gewissen Zeitabständen durfte er mich besuchen.

Mit all den Konflikten in meiner Ehe fühlte ich, dass ich den falschen Mann geheiratet habe.
Dieser Freund von damals erwies sich in meiner fast aussichtslosen Konfliktsituation als Freund des Herzens.
Ohne ihn hätte ich nicht die Kraft gehabt, aus den Käfig der Brutalität herauszukommen!

Mit Hilfe aus meiner Gemeinde und dem großen unermüdlichen Arrangement meines damaligen Pastors, gelang es den sorgfältig und umsichtig vorbereiteten Auszug und Umzug durchzuführen.

Es war eine Blitzaktion von wenigen Stunden in denen ich aus meinen Anwesen herausgeholt wurde. Zu meinem Schutz und überraschend für meinen Mann war die ganze Gemeinde anwesend und damit beschäftigt, mein Mobiliar und Hausrat in einen Umzugswagen zu verladen. So konnte ich, ohne Widerstand befürchten zu müssen, als freier Mensch eine eigene Wohnung beziehen.

Da alle meine Ersparnisse missbräuchlich vom Ehemann zweckentfremdet vergeudet wurden und ich mittellos war, stellte die Gemeinde die Kaution für die neue Wohnung. In vereinbarten Raten konnte ich sie zurückzahlen.

Diese Lebenserfahrungen hatten mir einen hohen Preis abverlangt. Aber ich habe lebend diese Hölle verlassen können.

Ein Neuanfang begann nach der Scheidung.
Ein Leben nach diesem Leben.

Geachtet - Geächtet

Nach erfolgtem Auszug war die Ehescheidung kein Problem. Es stand nun eine Neuorientierung auch auf beruflicher Ebene an. Seit ich meine Heimatstadt durch die Heirat verlassen musste, war die Wahrscheinlichkeit, für mich eine neue Tätigkeit zu finden, mehr als gering. Da ich eine Schwerbehinderung von achtzig Prozent habe, war eine erfolgreiche Vermittlung ungewiss.

Mehrere Weiterbildungen wurden mir durch das Arbeitsamt ermöglicht. Besonders waren Kurse in Anwendungsbereichen der Computertechnik und dem Verständnis und Gebrauch von Software.
Auch wenn ich mich mit der Technik nur schwer anfreundete, doch erlernte ich Finanzbuchhaltung im digitalen Format neu.
Die Ausbildung im Schreibwesen viel mir leicht. Ich war schon perfekt auf der Schreibmaschine bevor die Weiterbildung bei der Z.I.E.L. GmbH begann.

Damals glaubte ich noch, dass die Weiterbildung mir etwas vermittelt, das mir dienlich für meinen Neueinstieg ins Berufsleben sein wird. Doch habe ich nicht bedacht, dass meine Nervenerkrankung für Personen in meinem Umfeld Belastungen sein können. Die Akzeptanz meiner Anwesenheit war für Auszubildende und Lehrpersonal schwerer als ich angenommen hatte.

In einem Großraumbüro mit langen Tischreihen saßen etwa achtzig Auszubildende und lernten am Computer Buchhaltung. Dass das mit meinen lauten Auffälligkeiten durch Sprache, Motorik und anderen unruhigen Störungen wie es bei mir der Fall ist, nicht gut gehen konnte, war natürlich vorprogrammiert.

Es störte allen Anwesenden und ich durfte bald nicht mehr mit den anderen Weiterzubildenden zusammen lernen. Kurzerhand stellte man mir ein Klapptisch vor der Toilette an dem ich, getrennt von allen anderen, meine Ausbildung weiter wahrnehmen durfte.

Eine unerträgliche Diskriminierung!

Wenn ich im Ausbildungsfach Fragen hatte, musste ich den Weg durch das Großraumbüro nehmen und einen Lehrer freundlichst bitten, an meinen Lehrplatz zum Klo zu kommen um mich zu unterweisen oder Hinweise am Computer zu geben. Diese Umgangsformen waren für mich nicht nur degradierend, sie waren entwürdigend!

Ich fühlte mich aussätzig, verachtet, behindert! Doch habe ich zum Trotz nicht das Handtuch geschmissen sondern fleißig gelernt, um einen würdigen Abschluss mit guten Noten zu erhalten.

Nach erfolgter Ausbildung wurde mir von der Geschäftsleitung am 05.07.1994 eine Beurteilung entsprechend meines Krankheitsbildes formuliert, übergeben, die da lautet:
"Frau Blankenburg ist schwerbehindert. Die Behinderung zeigt sich in unkontrollierbaren, nicht bewusst artikulierten Lautäußerungen und auffälligen motorischen Störungen in den Bewegungsabläufen. Besonders stark treten diese Merkmale in Stresssituationen und bei besonderer Aufregung auf. Sowie Frau Blankenburg sich einer Sache nicht sofort gewachsen fühlt, wirkt sie deutlich hörbar aufgeregt und unruhig. Trotz ihrer äußeren Auffälligkeiten stellte Frau Blankenburg einen guten Kontakt zu den anderen Teilnehmern her..."

Da fragt man sich doch ernsthaft: ist es überhaupt möglich, sich mit dieser Bewertung bei einer Firma vorzustellen und sich für eine Tätigkeit zu bewerben? Wer stellt eine Schwerbehinderte ein, gibt ihr mit diesem Zeugnis eine Arbeit? Ich war bis zur damaligen Zeit immer der Ansicht, dass jede Weiterbildung den Einstieg ins Berufsleben erleichtern soll. Hier wurde mir die Beurteilung zu einem Stolperstein.

Trotz meinen hervorragenden Leistungen beim Schreibmaschinennachweis (180 Anschläge pro Minute) und weiterer erworbenen Fähigkeiten in der Weiterbildung wurde mir in Gesprächen auch mit unfreundlichen Worten mitgeteilt, dass es sehr schwer sein wird, eine geeignete Tätigkeit für mich zu finden.

Natürlich bekam ich nirgends eine Arbeit. Da half auch keine positive Bewertung meiner Leistung, die ich trotz negativ belasteten Klimas während der Ausbildung erbrachte.
Die gesundheitlichen Bewertungen waren für jeden Arbeitgeber der wahre Maßstab.

Eine erneute Weiterbildung als Schwerbehinderte gab mir die Möglichkeit, zumindest meine Arbeitsstelle während der Weiterbildung selbst zu wählen. Ich entschied mich für ein Musikhaus, in dem ich in ein mir vertrautes Betätigungsfeld eintauchen konnte.

Unterrichtsvorbereitungen treffen, Notenmaterial sichten und sortieren, Reinigungsaufgaben in den Unterrichtsräumen erledigen, Auflistungen am Computer erstellen, Inventur des Musikinventars und vieles mehr. Auch wenn das Musikhaus mich nach der Weiterbildung nicht weiter beschäftigen konnte, so war mir diese praktische Weiterbildung sehr angenehm. Wohltuend war die vorurteilsfreie Aufnahme im Kollektiv des Hauses. Für meine Mitwirkung wurde ich geachtet - nicht geächtet. Leider existierte das Musikhaus nicht mehr lange.

Meine Lebensuhr TICkt anders

Ich erwähnte bereits in einem Kapitel, dass ich, um meine geistigen Fähigkeiten auszudrücken, mehrere Instrumente und Fremdsprachen erlernte. Leider muss ich erleben, dass mein Nervenleiden mit geistiger Behinderung verwechselt wird.

Ich wünsche mir für mein Handicap Mitgefühl und nicht Mitleid! Ebenso wünsche ich, dass man Taktgefühl und Toleranz für mein ungewolltes Anderssein entgegenbringt.

Aber leider zeigt sich oft: gut gemeint ist noch lange nicht gut gemacht. Toleranz bleibt noch allzu oft ein Fremdwort. Toleranz lebt von einer geistigen Haltung, die aus einem offenen Herzen kommt.
Aus dieser Sicht bedeutet das, dass diejenigen, die mir geistige Behinderung unterstellen, in ihrer geistigen urteilsfreien Wahrnehmung behindert sind.
Weiterbildungen und andere Bemühungen, um für mich eine Erwerbstätigkeit zu erhalten, brachten kein positives Ergebnis.
Meine Krankheitssymptome ließen sich nicht im aktuellen Werteklima des kollektiven Zeitgeistes mit positiven Resonanzen einordnen.

Nach Diagnosen aus mehreren Untersuchungen durch unterschiedliche Fachärzte wurde mir ab dem 01.04.1998 eine Erwerbsunfähigkeitsrente auf Zeit zugesprochen.

Es bedeutet, dass es für mich in dieser Zeit keine Maßnahmen zu Weiterbildungen geben wird und ich dem Arbeitsmarkt nicht zur Verfügung stehe.
Keine Bettelei um Arbeit für eine Nervenkranke, die keiner einstellen wollte.

Gleichzeitig war es damit verbunden, erhebliche finanzielle Umstellung zu verkraften. Unterhalb der offiziellen Armutsgrenze sein Leben gestalten zu müssen, ist ohne Würde.
Trotzdem wurden bisher geltende Sozialtarife für mich außer Kraft gesetzt.

Von der geringen Erwerbsunfähigkeitsrente muss ich all die Mehrbelastungen tragen, die Bürger mit Einkommen auf Grundsicherungsniveau nicht tragen müssen.
Die Lebensqualität meiner Lebensräume wurde auch auf finanzieller Ebene erheblich eingeengt.

Und auch im erweiterten Familienkreis begegnet man Menschen, die ihre Macht und Kontrollsucht nicht nur auf die eigene Familie begrenzen und auch mir die Erwerbsunfähigkeitsrente, die von mehreren Gutachtern und Ärztekommissionen bewilligt wurde, aberkennen wollen!

Sie bestehen darauf, besser als Fachärzte zu wissen, dass nur eine körperliche Erkrankung vorliegt. Sie wollen nicht wahr haben, dass jede psychische Erkrankung sich immer körperlich auswirkt! Sie wollen weder das Krankheitsbild dieser Zwangserkrankung verstehen, noch die unsagbaren Leiden jedes einzelnen Betroffenen!

Mit verschlossenem Herzen agieren sie aus ihrem manipulierenden Verstand. Wenn sie Menschen mit offenen Herzen begegnen, beginnen sie sofort mit Gedankenkonstruktionen ihren Anspruch auf Interpretationsrecht der Wahrheit zu untermauern. Dieses Interpretationsrecht wird sich nicht an das, was wirklich ist, orientieren.

Gedankenkonstrukteure sind unfähig aus dem Herzen wahrzunehmen. Besonders fürchten sie die Enttarnung ihrer Scheinwelt, die ihnen zum Machterhalt dient.

In meiner nun entstandenen Freizeit nichts zu tun, entspricht nicht meinem Naturell. Ich entschied mich, dem "Weißen Ring" als aktives Mitglied beizutreten und arrangiere mich ehrenamtlich in der Opferhilfe.

Für dieses Ehrenamt habe ich mich sehr bewusst entschieden. Wenn man selbst Opfer von Angst, Vergewaltigung und häusliche Gewalt mit all den verbundenen Ohnmachtsgefühlen gewesen ist und die wahnsinnigen lebenszerstörenden Ängste, den perversen Anschuldigungen, selbst Schuld daran zu sein, im eigenen Leben erfahren hat,
kann man die wirklichen Nöte und Belange der Opfer verstehen. Mir ist es ein Herzensbedürfnis geworden zu helfen!

In einem Fernsehbeitrag sah ich zum ersten Mal einen jungen Mann mit den gleichen Symptomen wie sich meine Nervenerkrankung zeigt. Ich war zutiefst erschrocken und gleichzeitig erfreut, dass sich mir die Möglichkeit bot, mein Krankheitsbild wiederzuerkennen. Ich erkannte zum ersten Mal die Ähnlichkeit meiner Symptome. Und ich war dankbar, dass es Buchempfehlungen über dieses Krankheitsbild gab.

Heute trage ich die feste Überzeugung, dass mir viel Leid erspart geblieben und es keine unnötigen Experimente gegeben hätte, und die in Unmengen verordnete Einnahme ruhigstellender, lähmender Medikamente mir auch erspart geblieben wäre, wenn es die Teilung Deutschlands nicht gegeben hätte!

Auch glaube ich fest daran, dass man mir meine angeborene Linkshändigkeit nicht zwanghaft unterdrückt hätte und es Möglichkeiten gegeben hätte, mich im Kindes- und Jugendalter in guten renommierten Universitätskliniken behandeln zu können.

Im Sommer 2000 fuhr ich mit meiner Freundin in die Medizinische Hochschule nach Hannover, um mich in der Klinik für Psychiatrie von Frau Prof. Dr. med. Kirsten R. Müller-Vahl gründlich untersuchen zu lassen. Ihre Diagnose stand schon nach zwei Tagen fest: Tourette - Syndrom (TS)! Ich war erleichtert und glücklich zugleich, denn das Kind "Krankheit" hatte jetzt einen Namen.

Nun ließ ich mich in der Tourette-Gesellschaft als neues Mitglied registrieren.
In ihrem Aufgabenbereich steht die Aufklärung über das TS und Wege zur Behandlung und zur Therapie aufzuzeigen.
Die Isolation der Betroffenen soll auch durch die Öffentlichkeitsarbeit verringert werden. Es wird mir nun die Mitgliedszeitschrift zugeschickt und ich kann an den jährlichen Bundestreffen mit den Vorträgen über den neuesten Stand der Forschung teilnehmen. Mit Diskussionsforen im Internet und Kontakte zu Selbsthilfegruppen stehe ich nicht mehr allein mit meiner Krankheit da.

Ich bin gar nicht so anders

Wenn man mit einem Handicap, dem TS, leben muss, wird es auch in den normalen Abläufen des täglichen Lebens ständig störend eingreifen. Das Tourette zu verstehen und TS auszuhalten sind zwei unterschiedliche Paar Stiefel. Das eine Paar, das man bei Betroffenen laufen sieht und das andere Paar, in dem man selbst drinsteckt.

Ich habe viele Menschen auf meinem Lebensweg kennengelernt, die mich und meine Art mochten, auch mein TS verstanden und akzeptierten. Aber diese liebenswerten Menschen waren nicht in der Lage, die Symptome auf längere Zeit auszuhalten, mich auszuhalten.
Das kann zu einer Gratwanderung werden. Die kurzfristige Toleranz ist die eine Seite aber eine langfristige Belastung ist eine andere.

Ich merke es daran, das es tatsächlich nur sehr wenigen Menschen möglich ist mich auch dann annehmen zu können, wenn meine angestauten Lebensenergien sich unkontrollierbar und heftig mit Zuckungen und Laute entladen müssen.

Es ist mir heute gut möglich nachzufühlen, wenn ein Ablehnungsgestus, der mir entgegengebracht wird, nicht mangelnde Sympathie zum Ausdruck bringt, sondern Schmerzgrenzen beinhalten, die durch längeren Umgang mit mir entstanden sind.

In meinem Lebenslernprogramm musste ich der „Unterscheidungsfähigkeit" größere Beachtung und Bedeutung schenken.

Einige Menschen lösten ihre Verbindungen zu mir nur wegen der Symptome, der Tics. Belastungen, die daraus entstandenen, wurden irgendwann für sie unerträglich. Ich hatte es nie übel genommen, aber es traf mich immer wieder mitten ins Herz.

Dann überfällt mich eine tiefe Traurigkeit. Oft ziehe ich mich dann zurück in meine Traumwelt, die ohne Ablehnung und Traurigkeit existiert. Manchmal hilft musizieren, ein gutes Buch lesen oder ein ausgedehnter Spaziergang am Strand zu abgelegenen Buchten mit Blick aufs offene und weite Meer.
Manchmal gelingt es mir aber auch nicht Abstand zur realen Welt zu finden und ich werde depressiv oder es fließen Tränen wie aus einem Hydrant.

Tagsüber, wenn eine spürbare Mehrbelastung auf mich zukommt, werde meine Tourette-Symptome stärker. Da genügt manchmal schon der kleinste Anlass: eine unverständliche, unübersichtliche

Energiekostenabrechnung, wieder einmal neue gesundheitseinschränkende Erscheinungen, die Entscheidungen verlangen, ob Arztkonsultationen nötig sind oder ich auf Besserungen hoffen sollte.

Solche Belastungen bringen mich an die Grenze der nervlichen Belastbarkeit und mein Körper tickt mit sämtlichen motorischen Tics aus. Das Leben wird zum Drahtseilakt. Es treten Probleme auf, von denen ein gesunder Mensch nichts ahnt, sich keine Vorstellung machen kann.

Tagsüber ist ein Touretti immer im Augenschein der Gesellschaft, wird beobachtet, belächelt und oftmals auf abfällige Weise verbal beschimpft.

Die Mitmenschen fühlen sich beleidigt oder sogar manchmal persönlich angegriffen wenn obszöne Worte über meine Lippen kommen. Dabei lässt sich Koprolalie nicht mit dem Kopf allein steuern. Was raus muss kommt eben raus und manchmal schön laut und heftig.

Ich kann noch relativ beruhigt sein. Da sich mein explosiver Wortschatz einzig und allein auf das Wort "Scheiße" fixiert hat. Zum Glück ist dieses Wort gesellschaftsfähig geworden.

Auf körperlicher Ebene bewirkt mein ständiger Austick-Zwang in zunehmendem Maße größer werdende gesundheitliche Probleme.

Wenn ich als Kind öfters mit dem rechten Knie auf den Erdboden geschlagen habe, dann war es mit einem dicken blauen Fleck abgetan. Aber als „Touretti" im mittleren Alter sind Bänder, Sehnen und Gelenke nicht mehr so elastisch und stabil.

Widernatürliche chronische Belastungen haben ihre somatischen Prägungen immer deutlicher werden lassen.

So kam es zwangsläufig zu Meniskus-Anrissen in beiden Knien, außerdem zu Knochenhautentzündung, Überdehnungen von Bändern und Sehnen, dazu Schiefstellungen der Wirbelsäule, der Knochen, des Stützapparates und Einengung der Atmung und ständigen Schmerzzuständen.

Operationen können langfristig keine wirksame Hilfe schaffen. Der Automatismus der Tics wird erneut zerstörende Wirkungen erzeugen und sie in meinem Leben zur Geltung bringen.

In Situationen, in der meine Aufmerksamkeit auf das Schreiben eines Briefes oder das Lösen von Rätseln gerichtet ist, muss ich manchmal mit dem Stift ins Gesicht oder auf anderen Gegenstände Pünktchen malen.

Das gleicht zwar noch keiner Kriegsbemalung, ist aber sichtbar und manchmal schwer zu entfernen.

Meistens merke ich das erst später. Das gleicht etwa der Angewohnheit beim Denken unbewusst am Bleistift zu kauen. Bei ganz starkem Stress kann es durchaus passieren, dass ich mir in den Oberarm beiße. Das geschieht aber nur wenn der Körper unbedeckt ist. Eben eine Aktiva aus dem Repertoire meiner typischen Zwangshandlungen.

Ebenfalls hat das ständige Verdrehen des Kopfes weit nach rechts an der Halswirbelsäule sichtbare Spuren mit Muskelverhärtungen, Zerrungen und Spannungsschmerzen hinterlassen (Myogelose, mit Osteochodrose und Spondylarthrose der Halswirbelsäule).
Durch diese segmentale Bewegungsstörung ist eine degenerative LWS-Skoliose nachgewiesen (seitliche Verkrümmung der Lendenwirbelsäule).

Massagen und Manuelle Therapie helfen bei der Schmerzlinderung, werden aber zu selten von den Ärzten verschrieben. Ein Schmerzmittel scheint da kostengünstiger zu sein.

Um Entspannung zu finden, gehe ich regelmäßig schwimmen. Meine unruhige eingeengte Atmung wird durch die langsamen und gleichmäßigen

Schwimmbewegungen ruhiger und tiefer. Es ist für mich ein rituelles meditatives Schwimmen. Gleichzeitig kann ein Muskelaufbau stattfinden.

Gut, schwimmen kann ein recht einsamer Sport sein. Man schwimmt immer allein, ist mit sich allein, muss alles mit sich selbst ausmachen. Aber man gewinnt beim Schwimmen auch Liebe zum eigenen Körper. Es stärkt mein Selbstwertgefühl.

Ich schwimme und schwimme und fühle mich mit jedem Zug freier, ungezwungener. Und ich kann beim meditativen Schwimmen meine Gedanken um positive Dinge kreisen lassen. Es tut unsagbar gut und ist ein befreiendes Gefühl.

Wer glaubt, dass nachts im Körper eines Tourettis Ruhe einziehen wird, der irrt. Nun beginnen erst die richtigen Austick-Phasen.

Wie elektromagnetische Stürme peitschen sich unruhige Gefühle und Gedankenwirbel durch den Körper, der dadurch hin- und hergeworfen wird. Alles Unerledigte, Unverarbeitete zeigt sich mit geballter Kraft in der Motorik. Stundenlang finde ich keine Ruhe bzw. Schlaf, wälze mich zuckend von einer Seite auf die andere.

Zwischenzeitlich gelingt es mir mal für kurze Zeit vor Erschöpfung einzuschlafen, aber schnell bin ich wieder erwacht und Tourette wacht über mich, kontrolliert mich. Tourette ist innerer Widerstand, den ich nicht in Worte kleiden kann!

Nicht selten ist Sonnenaufgang und mein Körper findet kurzzeitig den dringend benötigten Schlaf. Ich habe es mit leichten Schlafmitteln probiert, aber die inneren Tics und Zwänge sind stärker.

Viel zu viele Medikamente musste ich zu lange im Leben einnehmen. Da sie meinem Körper mehr schadeten als halfen, lehne ich heutzutage starke Medikamente ab.

Ich habe in den Jahren meines Lebens gelernt, diese Krankheit Tourette als meine anzunehmen. Sie gehört zu mir, zu meinem Leben. Sie lässt sich nicht spontan abschalten oder umlegen wie ein Relais, denn wenn es in mir fließt, dann zuckt es eben spontan. Unterdrücken bringt überhaupt nichts, das bringt nur inneren Stau und wartet auf die nächste Gelegenheit der Entladung.

In meinem Leben war ich mehr bei Neurologen und Psychiatern als auf Tanzböden.
Ich will aber die Symptome meiner Krankheit frei herauslassen. So kann sich kein Druck aufstauen.

Das fühlt sich für mich besser an. Ich kann klarer am gesellschaftlichen Leben teilnehmen anstatt unter einer Nebelwolke der Benommenheit leben zu müssen. Als Kind und Jugendliche musste ich Unmengen pharmazeutischer Präparate zu mir nehmen.

Ich bleibe und ticke so wie ich bin!

Ich habe gelernt mit der Krankheit umzugehen, mich zu arrangieren und gehe offensiv damit um.
Wenn ich beispielsweise an einem Vortrag o. ä. mit Publikumsverkehr teilnehme, dann benenne ich zu Beginn der Veranstaltung meine Krankheit. Dann lasse ich das Publikum wissen, dass ich sie nicht kontrollieren und nicht abändern kann. Die meisten Menschen haben dafür Verständnis. Und wenn ich im Nachhinein schmunzelnd erkläre, dass Tourette nicht ansteckend ist, ist die Sache an sich geklärt.

Natürlich gibt es auch Situationen, denen ich mittlerweile geschickt ausweiche. Zum Beispiel fühle ich mich eingeengt und stehe immer unter Beobachtung, wenn ich im Wartezimmer einer Arztpraxis warten muss.
Es entsteht in mir ein Druck, der sich kaum noch zurückhalten lässt und sich irgendwann lautstark entladen muss. Die ängstlichen, vorwurfsvollen

und bemitleidenden Gesichter sind dann nicht mehr übersehbar.

Ich habe einen netten Hautarzt, der schrieb einmal auf meine Krankenkarte: "Patientin nicht lange warten lassen".
Ich bin ihm sehr dankbar, im Wartezimmer nicht länger als 20 Minuten ausharren zu müssen.

Anders verhält es sich, wenn ich mich stationär in Behandlung begeben muss. Immer wieder habe ich Angst davor. Meine Erfahrung hat mir gezeigt, dass Patienten und Schwestern nicht immer mit den Symptomen dieser Erkrankung angemessen umgehen können.

Nach einer Operation durfte ich einmal mehrere Tage mein Bett nicht verlassen.
Es war der Horrortrip! Eine ältere Bettnachbarin schlug ständig, bei Tag wie bei Nacht, mit ihrer Krücke auf mein Bettgestell und schrie: RUHE!

Und genau diese Ruhe konnte nicht eintreten. Ich bekam inneren Druck, Herzrasen und Erbrechen.
Auch die Schwestern waren mit der Situation total überfordert.
Aufgrund der Bettenknappheit konnten sie keine andere Lösung anbieten als mich darum zu bitten, die Situation auszuhalten.

Natürlich dauerte der Heilungsprozess länger als gewöhnlich und es gab Komplikationen.

Mein schwierigstes Erlebnis verbindet sich mit einer anstehenden Lumbalpunktion. Ich hatte große Angst, plötzlich unkontrolliert zucken zu müssen, während der Arzt die Nadel zwischen die Rückenwirbel sticht, um Rückenmarkwasser zu entnehmen. Die große Angst, dass Verletzungen möglich sind und ich vielleicht im Ernstfall nicht mehr laufen kann, war enormer Druck höchsten Ausmaßes!
Angst vor meiner unkontrollierbaren Motorik!

Mein Zahnarzt kennt mich schon viele Jahre und weiß um meine Erkrankung. Durch das ständige Zähneknirschen, als Folge von Tourette-Tic, habe ich eine Kieferfehlstellung und dementsprechend auch Zahnprobleme bekommen. Um während der manchmal langen Behandlung ruhig zu liegen, benutze ich die Füße als Ablassventil und bewege sie auf und ab, richte also den Fokus voll auf diese Bewegung.
Wenn ich mal zum CT muss und ein absolutes Stillliegen ein Muss ist, erdenke ich mir eine komplizierte Melodie und summe sie leise vor mich hin und stelle mir gedanklich gleichzeitig das Notenbild dabei vor. Das klappt fantastisch.

Wenn ich in meinem Garten bin und manchmal lautstark ticke oder fluche, weil die Arbeit gerade nicht so gelingt wie gewünscht, dann weiß ich genau, ob im übernächsten Garten die Besitzer da sind: Hündin Daisy beginnt lautstark und in der gleichen Phonetik zu kläffen wie ich meine Laute von mir gebe. Ich muss dann immer schmunzeln.

Ich habe einmal im Zug eine prekäre Situation erlebt. Ich saß in einem Abteil am Fenster. Es öffnete sich die Tür und Jugendliche in Lederkluft traten ein. Natürlich entging ihnen nicht, dass ich mich anders verhielt als still. Ich versuchte aus dem Fenster zu schauen, aber die Laute ließen sich nicht verbergen. Irgendwann fielen Sätze wie: "die ist doch nicht ganz dicht", oder "die Olle hat einen Dachschaden". Damit die Situation nicht eskaliert, habe ich das Abteil verlassen ging auf den Gang, wo zur damaligen Zeit noch rauchen erlaubt war.

Ich hatte zwar mit dem Rauchen schon längst aufgehört, aber mir schien diese Flucht auf den Gang als sinnvollste Lösung in meiner Lage.
Die Jugendlichen aus meinem Abteil mussten natürlich irgendwann auch rauchen und sahen dies zum Anlass, mich wieder zu hänseln.
Ich wollte eigentlich nur meine Ruhe haben und bin dann mit meinem Koffer einige Abteile weiter

geflüchtet. Dort saß nur ein Jugendlicher und ein älteres Ehepaar und ich konnte gewiss sein, meine Reise in Ruhe fortsetzen zu können.

Ich staunte nicht schlecht, denn dieser junge Mensch gab genau wie ich Laute von sich und zuckte gelegentlich. Ich dachte gleich an einen Touretti und beobachtete ihn akribisch. Aber genau das Gegenteil war der Fall!

Dieser junge Mensch schaute zu mir rüber, nahm wahr, dass ich ihn auffällig beobachtete, nahm sich die Hörer aus den Ohrmuscheln und sagte: "Echt geile Musik, willst eh mal hören?" Ich war platt!

Diese Begebenheit fand ich so toll, dass ich fortan beschlossen habe: wenn ich verreise, nehme ich Ohrhörer mit!
Ich habe die positive und beruhigende Erfahrung gemacht, dass die Mitreisenden wirklich glauben, ich höre Musik und summe die Melodie mit und es nicht die Symptome einer Nervenerkrankung sind.

Kranksein macht erfinderisch…

Jakobsweg - mein Pilgerweg

Zurückblickend auf meine Lebenserfahrungen, die sich in fünf Jahrzehnten angesammelt haben, kann ich feststellen, dass viele Menschen meinen Lebensweg kreuzten, die ihre Sichtweisen in mein Leben eingebracht haben.
Viele Stolpersteine wurden mir in den Weg gelegt, die das Voranschreiten nicht leicht machten.

An vielen Wegkreuzungen waren Entscheidungen zu treffen, die sich nicht immer als glückliche Wahl herausstellten. Manche Wege erwiesen sich als endlose Trampelpfade.

Es gab Tage, da schien mir die Sonne hell und klar und ihre Wärme förderte mein Vorankommen. Aber auch unzählige Gedankengewitter, die sich mit ihren kräftigen emotionalen Stürmen durch mein Leben peitschten, waren dabei.

Aber wirklich umhauen konnte es mich nicht. Ich habe mein Schicksal, auch wenn es mich am Fluss vieler Tränen vorbeiführte, einfach angenommen. Der Pilgerweg meines Lebens führte mich immer weiter.

Gut, es gab Umwege, die ich mir hätte ersparen können, aber zum damaligen Zeitpunkt war diese Entscheidung so gewählt. Manchmal hatte ich mich so verlaufen, dass ich auf Hilfe angewiesen war, um das Labyrinth verlassen zu können.

An manchen Tagen war der Weg durch Schluchten hinauf zum Berggipfel so steil, dass ich ihn kaum erklimmen konnte, noch das Ziel durch den Nebel der Probleme erkennen konnte. Aber ich hatte immer meinen Glauben und die Zuversicht im Gepäck, die mir Nahrung zur weiteren Lebensreise waren.

Ich hatte für mich beschlossen: mein fünfzigster Geburtstag wird ein ganz besonderer Geburtstag. Ich wusste auch, dass ich ihn ohne Gäste, große Feier und Geschenke erleben wollte.
Ich habe mich bewusst dazu entschlossen, dieses besondere Ereignis ganz allein mit mir und einem Freund zu begehen. Keinem Menschen habe ich von meinem Vorhaben erzählt, erst als ich gerüstet war für meine Pilgerreise.

Alle Vorbereitungen konnte ich überlegt und gut durchdacht planen, ohne dass Menschen ihre Zweifel, Sorgen und Ängste in mein Vorhaben zwängten. Ich wusste, die Zeit ist jetzt reif nach fünfzig Jahren gelebten Lebens.

Ich musste einfach mal weg - fernab einer viel zu hektischen Heimat, fernab dem Druck.
Ich wollte auf alles verzichten, hatte keinerlei Bedenken wegen bevorstehender Entbehrungen, sondern bin zuversichtlich mit nur dem Allernötigsten im Rucksack, den Jakobswegs in Spanien gepilgert.

Ich habe auf diesem Jacobsweg die wertvollsten Erfahrungen meines Lebens gemacht! Auf Wald- und Steinwegen, über Hügel, Abhänge oder nicht enden wollende Felder trug ich die nötigsten Dinge zum täglichen Leben bei mir, ertrug Hitze, Sonne, den Staub der Straße und musste die Stille neu hören lernen.

In absoluter Stille, fernab von gewohntem Straßenlärm zu pilgern, von einem Ort zum nächsten in eine neue Herberge als Ziel.
Manchmal kamen mir Tränen, zweifelnd am bisherigen Lebensweg oder aus Dankbarkeit oder weil der Weg nicht zu enden schien und man die Kräfte schwinden spürte. Ich hatte Zeit, viel Zeit. Zeit für mich selbst und für mein Leben.

Ich sah Blumen, Kräuter und Steine auf dem Pilgerweg, denn ich hatte Zeit sie zu betrachten, weil es keine Hetze gab.
Ich traf auf Menschen verschiedener Länder, die

freundlich miteinander Nötiges teilten und auch Freude. Es gab keine Barriere der Verständigung, es klappte immer auf irgendeine Art.

Und da waren die Segnungen jedes einzelnen Pilgers, die in Kathedralen stattfanden an verschiedenen Pilgerorten, die guten Gespräche untereinander und das Lachen der Menschen und deren Herzlichkeit wenn wir abends in der Herberge das Essen miteinander teilten und unsere Erlebnisse und Erfahrungen des Tages.

Es sprach sich schnell unter der Pilgerschaft herum, dass ich Geburtstag habe. Ich wurde mit so viel Herzlichkeit beschenkt. Mal war es ein Apfel, dann eine Pilgerkarte oder die drei älteren, französischen Pilgerinnen, denen ich fast täglich begegnete, sangen mir ein Ständchen.

Viel zu lange habe ich den Kampf zwischen Herz und Verstand geführt. Durch meine Erziehung und meiner Bildung wurde ich auf Unterordnung mit der Fähigkeit zur Anpassung programmiert.

Ich habe diese lange Pilgerreise unternommen und die wunderbare Entdeckung gemacht, dass man im Leben so wenig benötigt um glücklich zu sein als einem glaubhaft gemacht wird.

Darum kann ich nur jedem wünschen: Teile
Erfahrungen, Freude, Hilfsbereitschaft mit Liebe.
Dann findet man Frieden. Inneren Frieden.
Ich bin angekommen. Angekommen in mir.

Wünsche und Zukunft

Es ist mir nicht leicht gefallen, noch einmal mein Leben retour passieren zu lassen. Zu Beginn meiner Aufzeichnung versprach ich mir, nicht zu tief in den Erinnerungen zu graben. Es ließ sich nicht vermeiden.

Mit meinen Erinnerungen und den ausgewählten Aufzeichnungen meines bewegten Lebens habe ich eine Art inneren Hausputz für mich erlebt. Ein Großreinemachen in der Seele mit der Option zur Neuorientierung.

Ich konnte zugefügtes Leid und Verletzungen in all den Jahren in meiner Seele besser verarbeiten, empfinde keinen Groll mehr oder Wut auf Menschen, die mich schmerzlich verletzt oder verachtet haben.
Ich fühle aber auch keine Schuldgefühle mehr, dass ich mich immer erklären muss warum ich mich anders und/ oder so auffällig verhalte.
Ich brauche keine Mütze für die Seele!
Ich bin geradeheraus, offen und zuversichtlich und lebe bewusster als Behinderte. Ich sage JA zum Leben, zu MEINEM Leben, und ich kann aus diesem Grund auch mein Tourette-Syndrom akzeptieren mit allen seinen Erscheinungsbildern.

Und ich habe Menschen gefunden, die mich so akzeptieren, verstehen und lieben wie ich bin, die immer zu mir hielten, weil auch sie irgendwann JA zu mir sagten und mich nicht ablehnen oder sich schämen wegen meiner hör- und sichtbaren Erkrankung, sondern aus Liebe zu mir befreundet blieben!
Diese Menschen kann ich liebenden Herzens heute als meine wahren und wertvollsten Freunde benennen!

Ich möchte an dieser Stelle allen Menschen in meinem Leben danken, die es nicht nur mit mir aushielten, sondern die sich für mich einsetzten oder es noch heute tun wenn mir Unrecht zuteil wird! Und ich möchte mich von ganzem Herzen dankbar vor diesen Menschen verneigen, die immer da waren, wenn ich sie am Nötigsten brauchte!

Ich danke ihnen, weil sie mit ihrer Nähe, Achtung und Liebe nicht nur mein Leben bereichert haben, sondern ein Juwel in meinem Herzen geworden sind! Ich achte und liebe sie!

Unter den vielen Wünschen, die meine Hoffnung für die Zukunft tragen, steht natürlich der Wunsch nach Erkenntnissen in der Ursachenforschung des Tourette-Syndroms, mit denen wirkungsvollere

Behandlungsmöglichkeiten entwickelt werden können, an erster Stelle.

Ruhigstellende pharmazeutische Keulen würden der Vergangenheit angehören.

Bisher bleiben Manuelle Therapie, Massagen und Physiotherapie noch unverzichtbare Mittel, um schmerzenden Verkrampfungen und körperlichen Stress positiv beeinflussen zu können.

Das Beste wäre natürlich, das es diese Krankheit nicht mehr geben muss.

Ich wünsche mir aber auch, dass das Verständnis für das Tourette-Syndrom in den Köpfen der Menschen weiter reift, dass sie erfahren, wie wichtig Hilfe und Akzeptanz ist und in dieser Gesellschaft nicht nur Prestige, Geld und Macht, makellose Modelfigur oder Karriere das Leben bestimmen sondern Menschlichkeit und Liebe!

Ich werde mich nicht mehr von bevormundenden Menschen beeinflussen, verbiegen und belächeln lassen.

Ich folge meinen eigenen Impulsen, die für mein Leben und seine bestmögliche Entfaltung schon immer von Anfang an zuständig waren.

Und ich werde nie aufhören an meine Träume und
Wünsche zu glauben! Ich liebe das Leben!

Leben ist wie Wein.
Er muss schmecken.
Er darf aber nicht zu trocken sein.